独立纪念日

独立記念日

[日] 原田舞叶——著
罗越——译

中信出版集团 | 北京

图书在版编目（CIP）数据

独立纪念日 /（日）原田舞叶著；罗越译 .-- 北京：中信出版社，2020.10

ISBN 978-7-5217-2096-9

Ⅰ．①独… Ⅱ．①原… ②罗… Ⅲ．①短篇小说—小说集—日本—现代 Ⅳ．① I313.45

中国版本图书馆 CIP 数据核字（2020）第 141540 号

独立纪念日

著　　者：[日] 原田舞叶
译　　者：罗越
出版发行：中信出版集团股份有限公司
（北京市朝阳区惠新东街甲 4 号富盛大厦 2 座　邮编　100029）
承 印 者：北京诚信伟业印刷有限公司

开　　本：880mm×1230mm　1/32　　印　　张：9.75　　字　　数：175 千字
版　　次：2020 年 10 月第 1 版　　印　　次：2020 年 10 月第 1 次印刷
京权图字：01-2020-0665
书　　号：ISBN 978-7-5217-2096-9
定　　价：49.80 元

目录

contents

今天是我的，独立纪念日。

STORY 1

到河对岸的车站去　　>>>

川向こうの駅まで

我一直不喜欢“边界”这个词。

经常能听到所谓“无国界医生”之类的说法，既然有特意强调、吹捧“无国界”的必要，就显然说明在现实生活中，边界是普遍存在的。

于我而言，边界化作一条大河，真真切切地横亘在我面前。

我乘坐早晨七点五十分的那班快速列车，从T河河畔的N站出发，到位于东京市中心的公司上班。

由于总是踩着点出门，不管车厢塞得多么满满当当，我都得硬着头皮挤进去。乘坐列车的过程中，我早已习惯了有性骚扰嫌疑的毛手毛脚，钱包也曾被偷过。夏天，我得打起十二万分精神，避免与中年大叔们汗津津、黏糊糊的手臂贴在一起；冬天，则需要在臃肿衣物的夹缝中求生存，时刻冒着内脏破裂的风险。

回程列车同样如此，一路都得忍受中年大叔们浑身散发出的体味、烤肉味和酒味。一到N站，我在蜂拥而出的乘客裹挟下前往检票口。说来奇怪，坐车时明明觉得已经无法忍受、身心濒临崩溃，甚至对身旁的中年男子无端燃起恨意，可一旦脱身来到月台，所有不快又立刻被抛诸脑后。恐怕，绝大多数乘客跟我一样，每天都有类似的情绪起伏吧。

单程三十分钟而已，忍一忍就过去了。

只要熬过这三十分钟，就远离了河对岸的生活。

好不容易跨越的边界，怎能轻易回头。

这不，今天我也起了个大早，给自己做好早餐，将剩下的装入饭盒，匆忙化了个妆，拎着手提包离开出租屋。我径直向车站赶去，这里与父亲居住的小镇间隔七站，也是穿越那条大河后的第一站。

初到N站时，感觉连空气质量都截然不同。

当时，我与父亲居住在K市的M站周边，乘坐列车来N站大约十三分钟。距离不算太远，可总感觉一下子便换了天地。街道精致而时髦，路两旁种着山茱萸，购物中心看起来颇有格调。最明显的区别是，这里的街上的行人各个气质出众。年轻妈妈们推着婴儿车闲庭信步，日常穿着的T恤见不到扎眼的品牌标志，反而流露出高级感。每次与被各大杂志赞誉为“N镇淑女”的她们擦身而过，我都为自己身上那件量贩店买的T恤感到不自在。

我看了看车站周边的几家中介公司门店门口的广

告，将目标锁定在单间一类的房源。N站附近房租之高着实令人咋舌，虽然早有思想准备，还是不免有些灰心。

不行，既然决定搬家，这么快就打退堂鼓怎么行？

我鼓起勇气，推开一家中介公司的店门。

“欢迎光临，需要找房子吗？”

一位与我年纪相仿的女中介笑着从柜台另一边向我打招呼。我家那边的中介公司，往往只能看到富态的中年大叔盘踞在灰色办公桌前，我不禁感叹，这里连中介公司都不一般。我很快卸下心防，逐一叙述自己的需求：带厨卫的单间、新房、朝南、二楼以上、窗外看得到河景。

佩戴着印有“八木桥”字样名牌的女中介笑盈盈地听我罗列着条件，一脸和气的样子。听我讲完，她迅速抽出文件夹道：“正好有符合您要求的房源呢，而且是最近很受欢迎的设计师公寓。”听她这么说，我自然难掩兴奋，可一看到价位，我立刻感到大失所望。

一个月租金十八万日元。押金、礼金[1]、手续费与月租相当，首付三个月，即一次性总共需要支付六个月的房租。

“不，这有点太高了。接受不了。”

“请问您租金的预算是多少呢？”

---

① 礼金：指在日本租房时送给房东，感谢对方将房子租给自己的特有习俗。——编者注

“最多八万……如果可以的话，最好六万左右。”

八木桥小姐保持着职业性的笑容，在柜台上展开另一个文件夹。

“您来得正是时候，这里也有好房源介绍给您。”

我再次兴奋起来，探出身子向柜台上的文件夹瞥去。房源单页显示“快乐小屋，K市M镇”，我不无失落地说：“不，这房子……就在我目前住的小镇。”

八木桥那张堆满笑容的面孔闪过一丝疑惑：“那，您为什么不在住处附近找找看呢？”

“啊？你这话什么意思……”

“坦白说，您的预算在这边很难找到合适的房源。但要是在M镇，房子要多少有多少。”

“嗯……”

“穿过T河，靠这一边的租金跟那边要相差一倍呢。”

我无言以对。

“不过也可以理解，河对岸是K市，这一侧算东京S区，而且是很受欢迎的区域。有一本女性刊物还把这里评为‘东京最想住的十个区域’第三名。别小看一站路的距离，价格可是天壤之别。”

我暗自思忖，她这番劝说我认清现实的话，恐怕跟我家附近的中介公司并无二致。

“那，你看有没有距离车站稍微远一点的，步行十分钟也可以。”

“没有。”

“那，隔壁车站呢？我不是说河对岸，而是从这边再过去一站的，有那附近的房子吗……”

“更没有了。”

八木桥以不容置喙的自信，将我的要求悉数挡了回来，我感觉自己几乎被逼到悬崖边缘，眼看自己不切实际的希望一点点破灭。我变得情绪化起来。

“不管怎样，我一定要越过这条河！”

这句豪言壮语使人无端联想到挑战亚马孙河的作家开高健①，八木桥愣了一下。话刚出口，我自己也涨红了脸。

“好吧。虽然不敢跟您打包票，不过万一有难得的好房源放出来，我一定跟您联络。请您留一下地址、姓名和联系方式。”

本着在悬崖峭壁上打入一根岩钉的心态，我留下联系方式后，离开了中介公司。

这根岩钉，奏效了。

三周后，八木桥打来电话，说市面上放出了超低价房源，但是最长限租三年。

---

① 开高健（1930—1989）：日本小说家，其最为现在的日本人熟知的身份是旅人作家、战地记者。在他人生的最后30年里，他造访过世界上43个国家，有着20次以上出国旅行的经历。他走遍世界各地的大川激流，通过钓鱼这种方式来探索、体验人的感官极境。——编者注

“您可以到河这边来了呢！能帮到您，我也很高兴。”八木桥语带喜悦。

如果她在我面前，我真想当场给她一个拥抱。

二十八岁的我，有生以来第一次独自居住。出租屋来自一个临时外租的房源，距离N站步行（得稍微走快一些）二十分钟，房龄二十五年，好在是带卫浴的。尽管朝南，但打开窗，隔壁人家的卫生间窗户近在咫尺，完全看不到河景。八木桥一脸苦笑地表示自己尽力了。

“这房间怎么这样，跟家里你住的那间也没什么两样嘛。”

搬家当天，父亲帮我搬东西进屋，一开腔就在我心口扎了一针。

“完全不一样好吗？浴缸、马桶、台盆一应俱全，想什么时候用就什么时候用。”

“咦，浴室装的是推拉门，还是磨砂玻璃，外面看得到里面啊。”

在我家工厂工作的阿健开着轻型卡车帮我搬家，此时也跟着挑毛病，将浴室松动的推拉门晃得哐当作响。

“这有什么关系，有人在的时候我又不会去洗澡。”

“哦，是吗？这就奇怪了，那你为什么非要搬出来住不可？”

父亲在阿健身后推了一把，阿健这才收住话头。将行李杂物全部搬进房间后，我们围坐在新添置的小桌子边喝瓶装绿茶，休息一会儿。

趁阿健出去买烟，我问父亲："爸爸，家里的事，你一个人能行吗？"

父亲诧异地问："家里的事？家里有什么事啊？"

"就是打扫、洗衣服、做饭啊。"

"说什么呢？你本来就什么家务都不做啊。健一肯帮忙那是再好不过了，但他要是因为这样讨不到老婆，你可要负全责。"

这会儿结婚已经晚了。阿健今年应该有三十五岁，在父亲经营的村镇工厂的五名员工中年纪最轻，也是唯一的未婚者。阿健从来没有透露出要娶我的非分之想，在我眼中，他一直是位正直可靠的大哥哥。

父亲的工厂为某照相机巨头公司转包生产零部件。对父亲从事的工作我并无抵触，但随着年龄的增长，我出生的这座小镇以及工厂的氛围，越发使我感到格格不入。

每隔几年，照相机公司会从转包供应商推荐的人员中择其一二，录用为员工。幸运的是，这份"恩惠"降临到我身上。进入人人羡慕的大企业后勤部工作后，我眼前仿佛突然展开了一条路。

同一批进公司的女同事能够巧妙掌握每天不重样的服饰搭配，参加联谊聚餐和公司内部的各项活动也相当积极。我唯有奋力迎合她们的步调。

进公司后不久，一次聚餐时，我头一回因为家庭住址感到脸上无光。听说我家住在“K 市 M 镇”，后勤部某个出了名的大小姐脱口而出：“哦，我听说过那个地方，但一次都没有去过。”

她家住在 S 区 N 镇，而且还是高档别墅最集中的区域。进公司后我很快意识到，在我和她以及其他家庭条件优渥的女同事之间，存在着一条奇异的、无法逾越的边界。

“我想搬到河对岸的镇上去，妈妈，你帮我跟爸爸说说，好不好?”

有一天，我私下里跟母亲商量，当时她正因病住院。

母亲立刻用手指在我脑门上弹了一下：“别说这些傻话了，你也该帮着做点家务，你爸说现在是阿健在帮我们煮饭，真是的!”

“可是，我忙着参加联谊啊……”

脑门上又挨了一下。我委屈得说不出话来。

半年后，母亲跨过了那条更宽广的河流，孤身一人，离我们而去。

“这里位置很不错啊！稍微走两步就是 T 河河边了，找个时间我们来烤肉吧?”买烟回来的阿健雀跃道。

您可别来，我在心里表示拒绝，嘴上却说：“好啊，阿健、爸爸，随时欢迎你们来玩!”

“我？我来干吗？女儿的蜗居，我可没兴趣。”

我心里暗自来气，想着父女俩难得有机会坐下来聊聊天，非要说这些不好听的做什么。

“真的吗？我真的会来哦！干脆下周日怎么样……”

父亲又在阿健的脑门上推了一把，要他闭嘴。

我站在出租屋二楼的走廊上，目送他们两个开着轻型卡车离开。我生硬地向他们挥手道别，阿健看到便用力地挥手回应，而父亲自始至终没回头。

在母亲和我相继离开以后，父亲到底能好好生活下去吗？

同样的问题也摆在我面前。没有了母亲，没有了父亲，没有了阿健，我又能把日子过下去吗？不，我已经无路可退了。

我努力驱散逐渐弥漫心头的阴云，试着给自己打气。

我总算独立了。脱离了父亲和那座小镇。

也挣脱了那条无形边界的束缚。

时隔三个月，我在 M 镇的车站下车。

阿健住院了，据说是在工作时不慎骨折。我去医院探望，只见他一条腿被高高吊着。

“什么情况？这不是漫画里才有的场景吗？”

我伸手作势要摸。“哎呀呀呀！”我连碰都还没碰到，阿健就大叫起来，“快别碰我的腿，疼死我了！”

阿健的情绪多少有些低落，一是对影响工作过意不去，二是为父亲的日常起居而挂心，他低声叹道：“不知道老板有没有饭吃，你去看看他吧，他没有我在身边可不行啊。”

这口气活像个小媳妇。

“而且啊，菜菜你也太绝情了吧！搬去河对岸以后，几乎都没回来过。”

“对不起。最近我也忙得焦头烂额……”

本以为只要搬去N镇，聚餐席间，我便可以大大方方地报出住址。可实际上，独立生活尚未步入正轨，连日常开销都难以维持，原先接二连三参加联谊的那份从容早已不复存在。

离开医院，我直接前往父母家。周日，村镇工厂集中的区域一片寂静。路过附近的中介公司时，我朝店内探头张望，形似浣熊的中年大叔依旧盘踞在灰色办公桌前，纹丝不动。

推开家门，我小声嘟囔了一句“我回来了”，没有人回答。

熟悉的气味涌上来。工厂的油味，供奉母亲牌位的佛龛的线香味，混合着鲣鱼高汤那鲜甜的味道。母亲活着的时候，每当我上完补习班回家，是否也曾被这香味环绕呢？

我走进厨房，父亲背对着我，手里不停忙活着。我从来没有见过父亲下厨，惊讶地问：“咦？不会吧！爸爸你怎么在做饭啊？”

突然听到我的声音，父亲着实吓了一跳。他气不打一处来地转过身望着我：“你要死啊！进门也不先打声招呼！”

“啊？我说了呀，是你没听见吧！”

“那么小声谁听得见啊！”

见父亲如此激动，我察觉事情并不简单。来到父亲身边，朝锅里瞧了一眼，里头排列着泛着光泽的鱼糕和魔芋。

“哇，”我不禁问道，“这是今天的晚饭？”

“给健一做的。医院的饭菜他说吃不惯。”

“这样啊。那好，我跟你一起做。”

我卷起袖子，打开冰箱。父亲露出诧异的神色。

“哦？你还会做菜？”

“那还用说？我现在一个人住，每天都自己烧菜。”

“真的吗？还不错嘛。”

“怎么？你不相信？那好，让阿健说句公道话怎么样？看谁做得更好吃。”

“哟，正合我意。”

好，就用我最近的拿手菜土豆炖肉一决胜负吧！

“我出去买点肉哦。”

当我走到厨房门口时，身后传来父亲的声音。

“嗯，回来就好。”

我没有回头。来到玄关，套上母亲的旧拖鞋，走向工厂门前的小道。

“爸爸，该说快去快回才对吧。”我自言自语着。

仰望天空，这座被我称为故乡的小镇此刻晚霞醉人，仿佛要把我全部吸进去似的。

病房内，父女厨艺大赛如期举行。阿健将我们带去的菜吃得一干二净，接着像煞有介事地公布了对决结果：“还是我烧的最好吃。”

此话一出，父亲又在他脑门上狠狠推了一把。

“好了，下次再来看你。”

见我准备离开医院，父亲背对着我说：“既然是你自己做的决定，不到万不得已别回来。”

我默默点了点头。

我朝车站走去，在街角驻足回望。父亲仍旧直挺挺地站在那里，望着我出神。

“我回去了！”

我使劲朝他挥手。父亲的手先是在裤兜里掏摸着，仿佛在找香烟，随后在入夜的昏暗天光中微微晃了几下。

列车驶过河面。

在抵达河对岸的车站之前，且容我闭目养神。

列车停站前，兀自坐在空落落的车厢里，纵使周围并无目光，我却仍旧装出睡着的模样。

STORY 2

月亮与松饼 >>>

月とパンケーキ

午休，我把饭盒摊在办公桌上，里头的午餐，被刚巧从背后经过的工藤瞧见了。

“哟，很少见嘛，你带的松饼?”

工藤是头一个没管这叫“煎饼”的同事。我略感意外，敷衍道：“嗯，早饭剩的。”

“早餐吃松饼啊，八木桥，你家还真是标准的幸福家庭，真让人羡慕。”

他的反应着实出人意料。记得上司工藤在言谈中曾经透露过今年就五十岁了，没想到还是个美国通呢。

说起来，我高中时每天早餐都有松饼和香肠吃。那时父母还没离婚，对我百般宠爱，送我去明尼苏达州留学，寄宿在普普通通的美国家庭。

“一大早就吃松饼？还配香肠一起吃?”起初我认为太油腻，习惯之后倒是很对胃口。我仿效美国妈妈的做法，回国后便自己试着做。

“虽然很多事情都叫人放心不下，但现在想想，让你去留学还是对的。这不，还能尝到麻由美的手艺呢。”

母亲跟我并肩站在厨房，语气格外轻快，我至今记忆犹新。试过几次后，成品依旧不够薄、不甜不咸、干巴巴、焦焦的，宛如巨大的铜锣烧，父母对我的“手艺”倒很买账。

的确，那段时间，我们家算得上是标准的幸福家庭。

等我踏上社会后，父母离婚了。没过多久，他们又各自组建了新的家庭。简直是彻头彻尾的形式婚姻。

现在，他们似乎都过得很幸福。我已经三年多没见到他们了。

“幸福家庭可不敢说，就是个父母离婚，独居的寡妇而已。”我不假思索地说。

“哎呀，我，是不是说错话了？”工藤有些手足无措。

“没什么大不了的，我那些悲惨的过往，大家都知道啊。您没听说？”我苦笑道。

“抱歉，”工藤低头致歉，头顶花白，“我听小林还有清原说过，和田好像也知道。”

我下意识地将叉子插进松饼里。

那帮同事，果然在背后嚼我的舌根。

“嗯，就这么回事，我一个人做点松饼吃，回忆回忆当初的幸福时光。”

我故意语带讥讽，倒并不是因为他言语冒犯。

“是吗？”工藤嘀咕道，眼睛落寞地望着饭盒，“真好，一个人做松饼，也很不错呢。”说完便离开了办公室。

我叹了口气，完全没了胃口，盖上盒盖，松饼还剩下一半。

是啊。一个人做松饼，也没什么不好。

但工藤你知道吗，两个人做的松饼，甜中带一丝咸，火候恰到好处，那才是真正的美味。

跟阿拓结婚，是我进入现在工作的连锁房产中介公司一年后的事。

当时我只有二十三岁。直到决定结婚前一天，突然想到父母那套夸张的离婚再婚戏码，我对婚姻的期待骤然幻灭。

我和阿拓相识于交友联谊会，当时我正处于空窗期，我们约会了两次。第二次约会时，我本打算到此为止。跟他去宾馆开房，也是想着反正没有下次，露水情缘也无妨。

当时阿拓施展浑身解数，尽力讨好我，看他这么卖力，我未免有些心软。我不确定时至今日，会有多少女孩因为发生过一次关系，就以女友身份自居，至少我丝毫没有这种想法。

然而，事有凑巧。

我怀孕了。

当时的确做了避孕措施。我感到恐惧。

后来我想既然事已至此，人流费用总要由他承担的。

我主动打去电话，阿拓喜出望外。之后的事更出乎意料。

在得知我怀孕的消息后，阿拓当场跳了起来。那是位于涩谷的一家很高级，氛围很适合谈分手的冷色调酒吧。背景音乐播放着熟悉的爵士乐曲。就在这样的气氛下，阿拓疯了似的跳起来，对女调酒师大声叫道："对……对不起，我要点香槟！有事要庆祝！开香槟！哦，给她没有酒精的！她怀孕了！我的孩子！我，要当爸爸啦！"

女调酒师见状当场愣住，目瞪口呆。这应该是我有生之年头一回见识到什么叫手舞足蹈，瞬间哑口无言。

"啊……我有点，不舒服。糟糕，我有点想吐。"手舞足蹈完，阿拓冲向洗手间。

我回过神，慌忙抓过手提包，站了起来，准备离开酒吧。

"咦？您要回去了吗？"吧台另一侧的女调酒师问道。

我回过头，刹那间，她胸口的调酒师徽章和写有"C · SUZUKI"字样的低调名牌映入眼帘。"对，对不起，吵到你们了。他会结账的，再见。"

"请您稍等一下。无酒精的鸡尾酒，您想尝尝看吗？我能调各种创意鸡尾酒，当作为你们祝贺。"

祝贺？

调酒师铃木有节奏地摇晃着摇壶，将黄色的液体倒进鸡尾酒杯，一阵酸甜的香味飘散开来。喝起来像是菠萝与柠檬的味道。

"好喝，这杯鸡尾酒叫什么名字？"

她笑着答道：“叫‘婴儿月’。我刚刚自创的。祝福新生命的诞生。”

也不知道是因为这杯带着罗曼蒂克意味的鸡尾酒，还是被高兴到手舞足蹈的阿拓感动……

我和阿拓结婚了。

我原本就对婚姻感到幻灭，因此没举办婚礼，只对父母及部分亲友宣布了这个消息。母亲向我抱怨：“是不是有点太低调了？”我当即反唇相讥：“你让我怎么高调得起来！”

这段婚姻，不过是顺水推舟，得过且过罢了。

这个男人，我根本谈不上喜欢。我的人生，就这么无端交付出去了。

小东西，都是你的错。

对着一天大过一天的肚子，我暗自嘀咕。

要是没有这小东西……

阿拓管未出生的孩子叫“团子”，时常对着我的肚子又是亲吻又是抚摸，很起劲的样子。我对此很反感，尤其是想到要跟这么一个男人共度余生。

太讨人嫌了！

然而，我开始每天早上煎松饼。

“哇，这是什么啊？好吃！太好吃了！麻由美，这个鸡蛋饼也太赞了吧！”

阿拓说，我做的松饼，是他这辈子吃过最好吃的东西。

明明什么都做不来，阿拓还是自告奋勇，每天早上都要跟我一起做松饼。他总是将鸡蛋摔在地上，或是打翻面粉，然后像个孩子一样大笑不止。

我的反感与日俱增，但最终决定面对现实。

算了，就这样吧，跟他一起走下去吧。

我们一起做的松饼，开始变得美味起来。

但突然有一天，阿拓壮烈且决绝地永远离开了我。

他在下班回家路上，卷入了列车事故。

隔离护栏降下后，再也无法打开。

那天，我早上就觉得不舒服，阿拓出门时，我半开玩笑道："今天可能就要生了。"

"爸爸会第一时间赶回来哦！一定要等我啊，团子！"他用脸颊蹭了蹭我的肚子，兴高采烈地出了门。再没回来。

事故现场，一轮满月，正圆形的月亮，静静挂在天上。

三周后，孩子出生。

是个死胎。

孩子没能呼吸到这世界的空气，静静地离开了。

我觉得，是阿拓把孩子带走的。

我一滴泪都没流，这又是为什么呢？

这是一场梦吗？一场仓皇失措、嘈杂扰攘，结尾却颇有一丝乐趣的梦。

我的生活，重新回到一年前的样子，就像什么都没发生似的。

唯一的区别是，我每天早上都会做松饼。

“工藤对美国很了解吗?”

S 区 N 镇，房产中介门店的柜台，我工作的地方，工作日下午很清闲。我好奇地向同样负责柜台业务、本店最资深的业务员小林打听道。

“咦，你也知道？他前妻是海归，听说家庭地位很悬殊。”

原来如此，我暗自认为非常合理。

他太太从美国回来，或许心血来潮做过松饼也未可知。

去年，我被派驻到这间门店时，工藤已经恢复单身。

小林说，工藤三年前离婚。我们这家连锁房产中介，总部在美国，说起来算外资公司，但在东京各大主要车站附近都有门店，与社区中介并无差别。或许工藤太太对身居闲职的丈夫感到失望，决意离婚，他们没有孩子，离得很干脆。

早上我在平底锅里倒油时想到一句老话：家家有本难念的经。

我的父母，因为各自另结新欢而离婚；工作认真负责的工藤，太太仍然离他而去。

这个世界上，和美完满的夫妻是不是少之又少呢?

望着面糊在平底锅上冒起白色的气泡，我想做件有意思的事。

我将几片煎好的松饼叠起来，取出特意留用的蛋糕盒装好，纸袋里还放入了整瓶枫糖浆以及两套塑料刀叉。

“给您，不嫌弃的话。”中午，工藤买了便利店盒饭回来，我把装有蛋糕盒的纸袋递给他。

大吃一惊的不仅有工藤，小林、清原、和田全都一脸诧异。

“干吗，想贿赂店长啊？考评期要到了吗？”和田道。

“乱说什么呢？你上次明明还说，中午吃鸡蛋饼很奇怪，不是吗？店长识货，知道这叫‘松饼’，所以我谢谢人家。”

工藤接过纸袋，一副受宠若惊的样子：“哎呀，我就随口一说。自从我太太离开家，松饼可是再没吃到过了。”

“店长，要我说，八木桥也是单身呀，你们正好凑成一对，怎么样？”

“对呀对呀，八木桥，成熟稳重靠得住，你觉得呢？年纪太大？”

“你们乱说什么呀！”

让我意外的是，被大家这么一起哄，工藤顿时满脸通红。为了避免大家继续煽风点火，他一直没有打开纸袋。

我有些失望，也很好奇，他打开纸袋时，会是怎样的表情。

准时下班后，我跟清原在车站附近喝咖啡。

清原免不了盘问起来："对了，说真的，你为什么给店长做鸡蛋饼啊？"

"都说了不叫鸡蛋饼啦！"

"松饼？"

"嗯。"

"好吧，就是那个松饼，为什么呀？"

清原不依不饶，我笑着岔开话题。

从咖啡店出来，一轮圆月悬在明澈的夜空上。望着月亮，我朝车站走去，突然觉得就这么回家未免辜负了这轮又圆又大的月亮。

这种感觉就好像，面前有一片新鲜出炉的松饼，却一口都没有吃。

"我有点事，你自己坐车吧。"来到检票口，我对清原说。

"啊？有什么事瞒着我哦？"

"哪有，去买点东西，拜拜。"

我穿过车站，朝 T 河走去，河边特别适合赏月。

工藤会不会还在加班呢？

我掉转方向，回到门店所在的那条路。店铺的落地玻璃透出白色的灯光。

店内只开着一盏白炽灯，工藤独自坐在柜台后方。

只见他刚好拿出那个纸袋，或许打算吃个加班晚餐。

我站在门店前的电线杆旁，默默向内注视。

工藤首先取出蛋糕盒，三百六十度环视一圈，仿佛在欣赏某种古董茶器。我几乎笑出声来。

他小心翼翼地打开盒子，轻轻将松饼取出。随后又摆来摆去，看了又看，频频点头称赏。

哎呀，接着他掏出手机，还拍起照片来了。我又忍不住笑起来。

他把枫糖浆瓶摆在办公桌上，随后从口袋里取出眼镜戴上，重又拿起来阅读瓶身粘贴的标识。

最后，他取出刀叉。当发现还有一套时，他显然愣了一愣，有些惊讶。

工藤将两套刀叉放在桌上，抱着手臂，注视着办公桌上的松饼，很久，很久。

看到这里，我沿着店门口的道路朝 T 河走去。

河面平缓，映着明亮的月色。

正圆形的月亮，与冒着气泡的松饼重合起来。

也是时候，跟谁一起下厨了。

喂，你说呢，可以吗？

我自言自语。

我想，你应该不会怪我的。

明天早上，我还是会做松饼吧。

想象着，某一天，我的身旁会有另一个他。

STORY 3

下雪的预感 >>>

雪の気配

母亲坐在吧台，单手托腮。

烟灰接二连三地落下来。或许这也在她预料之中，支在吧台上的右肘旁摆着个玻璃烟灰缸。她眼睛半睁半合，仿佛在耷拉着的眼皮与现实之间做着美梦。我记得很早以前，调酒师猪濑打烊后对我说，母亲喜欢那半梦半醒的状态。猪濑担心母亲喝多了，让她喝点水醒醒酒。母亲不依不饶："再给我一杯红酒嘛，好不好嘛，小猪，就一杯！"

那年，我十八岁，在母亲经营的小酒馆帮忙，但我并不喜欢这个工作。当时的我对世界、社会、男人一无所知，却盲目地相信，人生多半是苦涩的。

"好了，终于清爽了。"一直蹲在吧台内侧的我，站起来朗声道，"我一直想好好打扫一下店里，特别是这一块，吧台里头，水槽的缝隙还有下面，很容易滋生蟑螂的，可是妈妈从来不管。"

店内空无一人，猪濑用扫帚扫地，回头笑道："我经常打扫的啊，有那么脏吗？"

“可是你离开已经三年多啦。打那以后就只剩妈妈跟打工的那个男孩子，可脏了。”

我用抹布擦拭吧台，不禁“啊”了一声。打烊后，母亲时常坐的那个位子，台面上有几处烟头灼烧的痕迹。

“哎呀，妈妈一点都不当心，睡着了，烟头还没熄。没着火也算是奇迹了。”

猪濑的笑容变成苦笑：“好久没听你埋怨这些了，坐下来吧，老板娘一定会很欣慰的。”

我望着空空如也的吧台。

“多嘴多舌，小孩子懂什么。等你长大了，能喝酒了，再说这话吧。真是的，轮不到你抱怨。”

母亲托着腮，对我一顿数落。

“赶快走吧。这里也不是你该待的地方。”

应了母亲的话，七年前我离开这里，直到三天前才回来。

也就是母亲去世的第二天。

十八岁那年，我觉得世上的一切都无比狡诈、污秽又丑陋。回头想来，十八岁的年纪，任谁都会或多或少愤世嫉俗吧。但当时，我以为那是自己独有的某种情感。

母亲十八岁开始陪酒，二十岁出头生了我，因为某些原因无法与父亲结婚，被父亲抛弃，结果在小酒馆一干就是二十年。

我的母亲，是我在这个世上最避忌的人。

通常，人们认为我们这种家庭很“复杂”，但实际上在我看来格外单纯。母亲和我，我们两人，对彼此都毫无兴趣。仅此而已。

“铃木太太，您家女儿在这次全国统一模拟考试成绩很不错，这下第一志愿应该没问题啦。”

高中三年级的秋天，母亲第一次在学校露面。我从来没指望她会来学校，但班主任竹中真梨老师给母亲打电话，希望她至少能参加最后的面谈。

望着坐在监护人等候室的母亲，我感到一阵厌恶。她身穿白色西装，垫肩很是夸张，西装领子宽大，以天鹅绒和水钻描边修饰。头发烫得一丝不苟，双唇涂有厚厚的唇彩，娇艳欲滴。怎么看都是一副标准的风尘女打扮。

房间里还有另外两组等待谈话，他们隔开几个座位，似乎刻意与母亲保持距离。

“是吗？第一志愿……你还准备念大学喽？”母亲刚一坐下，就听说了这个好消息，笑眯眯地问我。

我没吭声，我心里有一所想考的大学，除了老师，对谁都没提过。

竹中老师看了看我，又看了看母亲：“现在的成绩应该没问题，不过你们两位好好谈一谈吧。”

老师没有说出那所学校的名字。

“你要念大学是吧。”在回家路上，母亲叹道，语气听起来有点生气，也有些无可奈何。

“不会给妈妈添麻烦的，打工的钱我一直存着，还有奖学金什么的。”

我没有看她。我对母亲毫无期待，此时流露出不耐烦的语气。

“你居然会……去念大学……”母亲的笑声回荡在风中。

刚才在等候室，其他同年级女生和她们好出身的母亲，以及她们投射过来的轻蔑眼神，此刻重新浮现心头。

听着母亲不无得意的笑声，不知怎的，我几乎要哭出来。

她们在笑话我。

我难以遏制翻涌的情绪，朝车站的相反方向跑去。我的脸上满是泪水，我飞奔着，一心只希望母亲不要追上来。

当然，母亲没有追上来，而这也让我倍感无助，泪流不止。

我要离开，离开那个家，离开母亲。

我要尽快独立，告别繁乱的生活，告别儿时的自己。

我发奋学习，同时继续在店里帮忙。我将厚厚的参考书摊在卡拉 OK 曲目册上，在店内回荡的歌声伴奏下做题，抑或边洗杯子边戴耳机听英语。

“智香，店里的事情你别做了吧？这你怎么学得进去啊?”猪濑关心道。

母亲全然不为所动，和往常一样坐在吧台，托着腮帮子喝酒，对各种事情发着牢骚。我一语不发，继续看我的参考书。

一月。

高考临近。我想考的是非常难进的国立大学，说实话，我自己也只有五成把握。

为了离开母亲，无论如何，我都要考上。为了能够实现近在咫尺的梦想，过上梦寐以求的大学生活，我甘愿赌上所有。

而另一个残酷的事实是：就算考上了，我完全不知道自己该如何生活。现有的存款可以用来支付入学费用，剩下的学费、生活费、搬家费用什么的却没有着落。

我鼓励自己，会有办法的。同时我也清楚，如果真的要去东京上学，凭我自己根本是天方夜谭。

因此，就算考不上也不要紧。大不了就在母亲的店里继续帮忙，为接下来的日子做打算。

随着考试一天天临近，母亲的酒精摄入量以肉眼可见的速度大幅增加。在等待客人上门时，我们母女俩坐在吧台两端，一个喝酒一个做题。猪濑站在吧台中央，夹在母女之间，很局促的样子。

“喂，你打算考哪个学校啊?”一次，母亲忽然问道。我从来没跟母亲说过学校的事。

那次，我依然装作听不到。母亲托着腮，“哼”了一声。

“怎么可能考得上嘛。我的女儿，脑子肯定不好使的。”

猪濑苦笑着对我说：“老板娘喝醉了，开玩笑呢。”

我站起来，尽可能淡然地说道：“今天还有事吗？也没客人来，我还有很多题目要做呢。”

母亲眯着眼睛：“连你也要离开我了，是吧？”

我好像被针扎了一下。母亲的眼睛有些湿润，我连忙转过脸去，对猪濑笑道：“那我先上去了，别让这个酒鬼喝太多啊。”

猪濑依旧满脸苦笑：“包在我身上，加油复习。”

小酒馆深处的楼梯通往二楼我和母亲的卧室。踩着昏暗的楼梯，我默默叹了口气。

虽然已经下定决心，要想尽一切办法独立生活。但这条道路太过漫长、艰难，我眼看要败下阵来。

况且，抛下母亲独自生活，究竟对不对呢？没有我在身边，她能依靠的只剩猪濑，他不过是酒馆的员工，能担负的毕竟有限。

为了赶走迅速蔓延的负面情绪，我窝在被炉边开始复习。从那天起，直到考试，我不再下去帮忙，也没有跟母亲说过话，一门心思做题。

考试前一晚。房间冰冷彻骨，我觉得外面多半是下雪了，打开窗子，只见周围一带银装素裹。

楼下，小酒馆听不到往日嘈杂的笑声和响彻的歌声，在这雪夜里，所有人都直接回家去了。

我在被炉边做往年真题，耳边传来轻轻的脚步声，接着是推拉门开启的声音。

母亲身穿低胸洋装，外面裹着厚厚的开襟绒线衫，一手托着酒杯走进来。

我丝毫不掩饰自己的反感，不耐烦地说："干吗？"

母亲默不作声，将酒杯重重放在被炉桌上："给你喝。"

酒杯中，红色的液体冒着热气。杯子里还有柠檬片和肉桂棒。热红酒散发出香味，是梅子般的酸甜气息。

"不好意思，我还没成年。"我模仿母亲的口吻。

每当小酒馆里有客人劝我喝酒，无论母亲坐在哪里，正在应酬谁，她都会立刻替我挡下来："不好意思，她还没成年。"有的客人会打趣道："老板娘，你怎么让未成年人在酒馆打工呀！"母亲则笑着回应："你不说我不说，谁会知道。毕竟是我的宝贝女儿嘛。"

"没事的，尝尝看，很好喝的。"母亲的态度很坚决，我勉为其难尝了一口。

一股酸甜混合的味道弥漫口腔，几乎将舌头麻痹。蜂蜜、柠檬、肉桂的香味在体内缓缓散开，让寒冷冬夜中紧缩的身体得到些许舒缓。这感觉就像有一颗小而温暖的果实，通过喉咙抵达胃部。

听到我不由自主地长舒了一口气，母亲笑道："怎么样？很美味吧，这就是酒精的魅力。”

我赶忙正色道：“我不否认酒精有它的魅力，但也要适可而止吧，妈妈你喝太多了。”

母亲心情大好，大声笑道：“我知道的。等你以后能喝酒了，千万别像我一样。喝酒，是为了让自己，也让别人都开开心心。”

她坐在被炉边，用手托着腮，说出了这么一番话。

那杯热红酒，酸酸甜甜，有着沁人心脾的味道。更重要的是，它足够温暖，能融化冰冷坚硬的心。

“呼，今晚好冷啊，照这么看，今年头一场雪可能要来了。”猪濑扫完店门口，搓着双手，在吧台边坐下。

“要喝点什么吗？”我站在吧台内侧，像煞有介事地问猪濑。

他挠了挠头，不好意思地说：“你想做什么就什么吧。对了，最好是创意鸡尾酒，难得你在，一定要尝尝。”

我微笑着，重新取出收在纸箱里的金酒、汤力水等。

“真没想到，智香你会干我们这一行。你大学一毕业就去了法国留学，我还跟老板娘说，你跟我们完全不在一个世界了。”

“我去法国是为了考品酒师的资格证，爱喝酒可能会遗传吧。”

我有节奏地晃动摇壶，将调好的鸡尾酒倒进酒杯。猪濑目不转睛地注视着我一连串的动作。

坐在吧台的客人，总是会屏息凝神，等待属于自己的那杯鸡尾酒。这个瞬间，一直是我的最爱。

“老板娘肯定很高兴。”猪濑低声说，他端起酒杯，朝母亲常坐的位置隔空示意。

赶快离开这个家。从今往后，你不用再回来了。

在我考上第一志愿的大学后，母亲为我凑齐了入学所需的费用和生活费。听得出来，她的话语里不乏逞强的意味。

我准备跟小猪结婚的。所以啊，你以后别来打搅我们行吗？你回来，只会给我们添麻烦。

不仅如此，她还说什么女人十八岁就应该自己养活自己，如果我不凑齐她替我出的钱，就不必回来见她云云，闹了好一阵子才消停。母亲的那些话我信了一半，并主动与她保持距离，后来还大老远跑法国去了。与之相对的，我却选择了与母亲最为接近的工作。

“哇，这个，真好喝，很爽口呢。”猪濑尝了一口道。

我笑着点点头，环顾昏暗的店内，低声道：“猪濑哥，妈妈曾经对我说要跟你结婚，还叫我不要回来呢。”

猪濑满脸堆笑，什么都没说。

我也静静地望着吧台一隅出神。

“是啊，如果是那样，也不错。”过了一会儿，猪濑低声说。

我从手提旅行包中取出红酒：“这是我特别准备的

红酒，从东京带来的，一起喝一杯吧。玛歌酒庄，2001年的。”

“哦，不错，不错。”

我将三只酒杯摆放在吧台上，玻璃上挂着些许雾气。

人生，并非只有甜蜜。苦涩、辛辣、酸楚，五味杂陈。可是，将这些味道稍加拼配，仔细调和，就能收获美好的滋味。

现在的我，终于明白了这个道理。母亲是否还坐在吧台的那一端，单手托腮，半醉半醒地做着什么梦呢？

说起来，那个晚上，确实也有快要下雪的预感。

“要不，我来做一杯热红酒吧。”我自言自语道。

此时，我猛然意识到，蜂蜜、柠檬、肉桂棒都不是酒馆常备的佐料，在那个寒冷彻骨的夜晚，母亲又是从哪里找来的呢？

我将玻璃杯轻轻放在台面上被烟头灼烧过的位置，用自己手中的酒杯碰了一下。

很快就要下雪了。所有一切，又将重归洁白。

STORY 4

隆冬花束 >>>

真冬の花束

对植物来说，“开花”难道不是理所当然的事吗？

初中的时候，对着迟迟不开的小雏菊花苞，我心中浮现出这个疑问。

既然长了这么多花骨朵，总有一朵会开放吧？我满心疑惑，整天不干别的，只是望着小雏菊出神。

白色的小雏菊不知被谁摆在我的课桌上，那是星期一的早晨，我时隔多日去学校上课。小雏菊旁边还像煞有介事地放了个香插，竖立的线香向空中送去一缕轻烟。我站在那里，注视着轻烟的升腾飘散。

在教室各处三五成群的男生女生，暗中观察我的反应，不时发出被捂住的笑声。我把香插一下扫到脚边，从水杯中抽出一枝长满花苞的小雏菊，摊开社会课的教科书，撕下一页将小雏菊包了起来。全班同学屏住呼吸，围观我一连串的怪异举动。

回到家，我把小雏菊摆在书桌上。数了一下，一共有十四个花骨朵。

十四岁的我将眼前的每一个花苞与自己走过的年数

重合起来，如果花都开了，或许代表我终有一天也会脱胎换骨吧。

就这样过了一周。花骨朵一个都没开。

“哎呀，真是愁人。”

我在办公室里批改堆积成山的作业，绪方老师一边发出感叹，一边在我隔壁落座。这种态度通常是“搭讪”的信号。

我停下手头的工作，回应道：“发生什么事啦？”虽然也想尽快把作业改完，但是身为新人教师，对前辈的烦心事总得表达最起码的关心。

绪方老师把满是胡茬的脸凑了过来，悄声说道：“竹中老师，你班上的石田，脾气很火暴不是吗？现在，马场同学好像成了他的出气筒。”

我大吃一惊。

似乎是这样的，以班上身材最魁梧的石田大志为首的几个学生，正在欺负别的同学。今年春天，我刚一到任就察觉到了苗头。

被欺负的是马场真纪。她五官平平，不太引人注意。我很清楚，就算家庭环境、学习成绩无可挑剔，欺凌的火焰也会在某一天忽而蹿起来。我自己的经历正是如此。

表面上，我并没有发现任何她受到欺负的迹象，班上的同学和我的同事们也从未向我反映过。当然马场本人也不曾明确表达“有人在欺负我”之类的信息。尽管如此，欺凌的氛围清晰可感。我无从知晓与之相关的具体表现与手段，想必暗地里的小阴谋已然蔓延开来。

我好几次想在教员会议上汇报欺凌问题，但全无真凭实据，仅靠直觉未免站不住脚，弄不好还会引火烧身。近来，“校园欺凌”正迅速成为一大社会问题，可实际上，在学校里这是一个谁都不愿轻易打开的潘多拉魔盒。

把十多岁的孩子们聚在一起，欺负与被欺负本是再正常不过的事。学校明知如此，却刻意对司空见惯的“欺凌”采取熟视无睹的态度，为的是预留一条后路，万一闹出什么事来，还能够向社会公众宣称“本校绝不存在欺凌的事实”。

绪方老师此刻指出马场真纪被人欺负，对我来说倒是正中下怀。

“其实，我也发现了……”

绪方老师皱着眉头，苦笑道：“还是不要多管闲事了，随他们去吧。”

说完，他像什么都没发生过似的，立刻转头敲击起办公桌上笔记本电脑的键盘。我长久的期待落了空，愣了好一会儿后，无奈地继续批改作业。

改着改着，我停下笔，望着办公桌上水杯里插着的紫色野菊。这枝野菊是学校花圃的校工分给我插瓶的，花圃里长了一大片，被那位大叔悉心照料着。

多年以前，我在上初中时遭遇严重欺凌，曾有一位老师向我伸出援手。

我记得那是一位语文老师，递给我一本诗集，让我读读看。诗集封面上写着“武者小路实笃”，是个没怎么见过的、难读的汉字人名。

我将诗集翻到老师用便签标示的那一页，一句话跃入眼帘。

生于人世，至死方休，唯生可也。

“这是横跨明治、昭和年代的著名作家武者小路实笃的名言。哪位同学能够解释这句话？”

语文课，我把这句话写在黑板上，向讲台下抛出问题。

同学们鸦雀无声。令人失望的是，现在的高一学生，无论你提出什么建议，他们都不会有任何兴趣或回应，几乎可以称得上是对牛弹琴。就算你全情投入，他们既不接受，也不给反馈，就像一粒石子扔进大海。

“下面有请马场代表全班作答。”

石田大志仰着脸，将椅腿高高翘起，看起来就快要翻倒过去，他哑着嗓子，拖长尾音以示煽动。教室四处随即响应，讪笑声此起彼伏。

马场真纪被点名后，很快涨得满脸通红。

我立刻对大志展开打压：“石田同学，你能回答吗？这个问题应该很简单吧？”

“老师你当然觉得简单啦，我可是一点都不明白。不过马场一定答得出来啦！”

其他人再次发出哄笑声。真纪的脸越发红了，我看在眼里着实于心不忍。

我暗自叹息，看了眼手表，距离下课还有三分钟。

“好吧，这道题留给大家当作业。每位同学都好好想一想，这句话如何解释，下周交。”

下课铃声一响，同学们三三两两走出教室，唯有真纪呆坐着，一动不动。

“马场同学，能跟你聊两句吗？”

我试图打破僵局，只见真纪站起来，低着头走出教室。

走廊里，学生们三两成群，摆弄着手机，嬉笑不止。那笑声似乎与刚才的讪笑频率相仿，欺凌的火焰恐怕正在经由手机不断燃烧。

我曾经遭遇到的那场“上香恶作剧”性质同样十分恶劣，但因为有迹可循，得到了老师的重视。老师对我施以援手，在一篇诗文的支撑下，我最终挺了过来。

那时的我能够在一篇诗文中感受到光芒和力量，这不能不说是一种幸运。

如若孤身一人，并且找不到任何勉励自己的话语，或许我很快就会万念俱灰。

在我看来，现在的年轻人，更是动不动就万念俱灰，轻易地对人生丧失希望。

那天晚上，真纪在家中割腕了。

生于人世，因此，终有一死。

她在语文笔记本上留下了这么一句话。

“根据学生的说法……竹中老师，你在上课的时候总是问马场真纪问题，把她逼得走投无路，有这回事吗?”

紧急教师会议上，教导主任抛出这一论调。

真纪总算没有性命之虞，幸好及时发现，险些铸成大错。自杀未遂过去三天，听说她已经从重症监护室转到普通病房，我心里一团乱麻，坐立难安。我真想立刻赶去她身边，跟她推心置腹地谈一谈。她赌上性命发出求助信号，我必须做出回应。

真纪的事被媒体广泛报道，市教委将在数日后介入调查。即便遭到媒体长枪短炮、口诛笔伐，校长始终坚称“绝不存在欺凌的事实”。

我突然被记者问了个措手不及，难以抑制颤抖的声音，回答道：“没有……没有这回事。”

终于等到我开口后，教导主任穷追不舍：“你有没有看今天早上的新闻啊？有学生对记者说什么‘老师总是问她问题’。而且学生以及其他老师都证明‘班上没有欺凌事件’，除了你针对马场真纪，没有别的理由啊。”

我朝坐在对面的绪方老师看去，他慌忙移开视线，表示不愿牵扯进来。

“算了，事已至此，别的也没什么好说了，只能请你负上相应的责任。”教导主任冷冷地说道。会议室如同一潭死水，众人都保持沉默。而我也没有反驳的余地、勇气和思想准备。

离开会议室后，其他老师避之唯恐不及，各自离去。我脑中一片空白，拿起外套和手提包，走出教师办公室。

怎么办？

惭愧的是，当下在我心中涌起的不安并非关于真纪，而是关于我自己。做教师到第七个年头，被现在的学校以“逼死学生”这一不实指控开除后，还有地方愿意收留我吗？

我茫然地穿过走廊，学校花圃中的紫色野菊被北风吹得左摇右晃。校工大叔拿着铲子，蹲在花圃旁固定花根。

走出校门，一个女人忽然蹿了出来，堵在我面前。

“请问是竹中老师吗？我是东都电视台新闻部的记者，我姓朝日奈。”

是电视台的采访。摄像机、麦克风接踵而至，我下意识地转过脸去。

“您班上的女学生自杀未遂，根据贵校学生的说法，您跟这次的事情有着非常密切的关系，能回应一下吗？”

我背着身子听她把话说完，深吸一口气，猛地朝向镜头说道："马场同学，实笃的那句诗，你的理解完全错了！"

两天后。

我在被窝里翻来覆去，辗转难眠。枕边的手机忽然有消息进来，我立刻坐起身。

竟然是马场真纪发来的信息。

理解错了，是什么意思？

手机屏幕上的这条信息简直不像真的。我收拾心情立刻回复她。

理解错了，你指什么？

一分钟后，我收到回复。

老师你不是在电视上说，实笃的那句诗，我的理解完全错了吗？你想表达什么呢？

啊！我几乎叫出声来。是我在校门口对着镜头说的那番话。原来电视新闻把那段播出来了，我自己并没有看到。

短信上不方便解释。明天，放学后我能去看望你吗？

满心期待的我按下发送键。信息却就此中断了。

我一直等候着真纪的回复，一整晚都没睡着。

我真想好好跟真纪谈一谈，关于那句"生于人世，至死方休，唯生可也"的含义。希望她也能理解那句诗中蕴含的语言的光芒、包容和坚强。

既然我们降生在这个世界上，唯有努力活下去，直到生命的终点。况且，我们每个人都有自己与生俱来的使命，应该要对自己的人生充满自信和勇气。

死亡无须我们费心，时候到了自会翩然而至。在那之前，要让我们的生命尽情燃烧才好。

我的恩师将诗集递给我时，并没有告诉我该如何解读。是我反反复复读了几百遍，自己领悟到的。

唯生可也。只为在枯萎之前，能开出花来。

我记得，书桌上那株迟迟不开的小雏菊，插在水杯中，终于有一天早晨，十四个花骨朵一齐绽放。

小花苞终于竞相开放，面对这样不起眼的小事，我当场落下泪来。我的世界仿佛在那个瞬间彻底改变。

我真想告诉真纪，每个人都会邂逅这样的瞬间。你也不例外。

临近放学，我正收拾东西，预备尽快赶往医院。绪方老师悄无声息地凑过来，在我耳边说道："教导主任叫你呢。"

我心知肚明。教导主任想对我施压，让我快些递交辞呈。

"好，我这就过去。"

说完，我拿起外套和手提包离开教师办公室。

我朝与主任办公室反方向的花圃走去，找到紫色野菊旁的校工大叔，问道："不好意思，能再给我几枝插瓶吗?"

大叔点点头，从校工室里拿出花剪。

“尽量给我还没开的花骨朵吧。”

只见大叔剪下花枝，用百货商店的包装纸包好，一边递给我一边问：“竹中老师，那个女孩，没事吧？”

我听出他也关心真纪。“嗯，没事的。一定会没事的。”

这话何尝不是我自己想听的。

“是吗？”大叔露出微笑，说道，“这野菊也算是那孩子种的，下课以后，她经常过来帮我的忙。”

我什么都没说，只是紧紧抱着花束。

校门口，此时早已见不到记者、摄影师蹲守的身影。北风吹在脸上，我大踏步地走出学校。

我一手抱着花束，另一只手掏出手机，给真纪发信息。

真纪，既然生在这个世界上，那就努力活下去吧，直到生命的终点。

我按下发送键，把手机塞进外套口袋。

我在车站搭公交车，脑中构思着辞职信的写法。

我没有输。

学校不愿正视业已发生的事实，继续待下去也不会有任何意义。

当时的我，最终撑过来了。现在，肯定也能撑过去的。

我在医院附近的车站下车，处于静音模式的手机在口袋里振动起来。

也就是说，既然我已经出生在这个世界上，不管发生什么都要活下去，一路直到生命的终点。

“答对了！”

我不禁自言自语，甚至还握紧拳头，做了个加油鼓劲的手势。

夹在手臂之间的花束随之左右颤动，紫色的花苞划过被北风吹冷的脸颊，痒痒的。

STORY 5

两个人的时钟 >>>

二人の時計

在玄关穿鞋的时候，我突然注意到一个细节。

双手指尖的指甲油开始剥落，指甲的颜色全花了。

我感到一阵沮丧。套装是全新的，发型经过细心打理，就连妆容也参考了那种自然而不乏亲和力的妆面。为什么偏偏忽略了指甲油呢？

这个世界上还有什么比斑驳的指甲更窝囊的东西呢？

“你几点回来？”

正当我无奈地望着指尖发呆，背后的和真一边吃吐司一边问。他是我的丈夫。我看了一眼手表，七点四十分。

“不知道。要看职介所的面试安排。”我下意识地露出不耐烦的口气。

“哦，好吧，”和真一如往常，丝毫不介意，“那我晚饭自己吃完再回来。”

“可以啊，不过，”我回过头叮嘱道，“炸物，还有肉，都不许吃。只能吃荞麦、烤鱼套餐这种。严禁加餐零食。”

和真拍了拍自己的肚子："遵命。反三高饮食法，我有数的。"

我用力关上门，皮鞋敲击地板的声音在公寓的公共走廊响起，我忽然间意识到，已经没必要快步出门了。

说起来，像这样由和真目送着离开家，或许还是头一遭呢。

和真在广告公司做销售，上班时间是上午八点。我曾经担任晚间新闻节目的记者兼播音，通常九点多才从家里出发去电视台。

工作日，我们三餐都不在一起吃。由于经常各有安排，假日也是聚少离多。人生跨入三十关口，因为对年龄产生了危机感才结的婚，到现在已经五年有余，去年我开始问自己，这样的婚姻究竟又有什么意义呢？

我与和真早在学生时代就开始交往，彼此知根知底，他对我来说几乎就跟空气一样。

"真由加，选老公啊，长相、收入、学历都不重要的，要选那种对你来说像空气一样的人，知道吗？"

三年前离我而去的母亲，曾经在我二十岁那年这样说过。我虽没有把她的这番话放在心里，但最终，我还是选择了她口中的那种男人。

如果说男人像空气，是不是根本不必刻意费心挑选，自然而然便会出现在身边呢？

就像美丽的花朵，摘下来就能装饰房间；或是用之不尽的财富，想怎么买就怎么买；或者说好看的书，带在身边随时都能沉浸其中。

空气难道不是无处不在，每个人都可以任意呼吸的吗？

虽然有些对不起母亲，但我的确开始对她的论调深感怀疑。

上周辞职后，这份怀疑开始愈演愈烈。

那段时间我忙得昏天黑地，行程排得满满当当，仿佛一分一秒都极其珍贵。只要一有空当，我就抓紧时间补觉，像是乘坐交通工具时，吃完午餐回到办公室后，还有深夜坐出租车回家的途中。有时我也会挤出一点宝贵的补觉时间赶赴美甲沙龙。

“还是用以前那种米色系的指甲油吗？朝日奈小姐，您的指甲形状很漂亮，如果做个艺术指甲一定很好看。”电视台附近，我常去的那家沙龙，美甲师田渊曾经这样推荐过。

我是做新闻节目记者兼播音工作的，根本没有机会尝试高调张扬的艺术美甲。镜头前的我哪怕外套纽扣没扣严实，都能被细心的观众发现，着实恐怖。更别提指甲，若是“朝日奈真由加的指甲太浮夸了吧”之类的话传出来，叫我如何是好。

“是吗，要是哪一天我不干这一行了，就来试试看。”当时我半开玩笑地回答。

“真的吗？那到时候一定要来找我哦，保证帮你做一套颜色丰富、与众不同的美甲。”田渊欣喜地说。听她的口气似乎把我的话当真了。

从小到大，我一直向往电视台的工作。我拼命念书，考入一流大学，在大学广播社团担任社长，还去东都电视台从兼职的勤杂工做起，在电视台聚餐时，强忍中年大叔的性骚扰，总算将现在这份工作收入囊中。

我怎么可能辞职？

我这辈子，要一直一直干下去——除非电视从这个世界消失。

曾经的我，立下过这样的誓言。

星期一的上午，我准备一大早去就业中心申领失业保险金，随后跟职介顾问谈换工作的事，行程仅此而已。

“朝日奈小姐，朝日奈真由加小姐。”

坐在就业中心二楼的长椅上，我独自望着斑驳的指甲发呆。听到柜台那边传来呼叫声，我连忙站起身子。

好几个人顺着呼叫声朝我看。我把文件摊在柜台上，工作人员向我投来好奇的目光，我垂着脑袋不予回应。

“先确认一下您的资料。嗯，离职的原因是……个人原因，没错吧？”

我点点头。

工作人员将文件完完整整看了一遍，不漏掉一字一句。“如果是个人原因离职，失业保险金要三个月后才能领取，没问题吧？”

对方反复问了好几遍，从中甚至能够察觉出一丝莫名的好奇，我没好气地答道：“当然没问题啦！”

我根本没必要躲闪。我已经不是媒体人，既不是什么知名人士，更不是明星艺人。我是堂堂正正的普通市民，如假包换的失业者。

然而，我还是逃也似的离开了就业中心。

赶在关门的一刹那跳上列车，气喘吁吁的我忽然与站在门边的年轻男子四目相对。他似乎发现了什么，对我上下打量，我立刻把头低下来。

我抓着座位侧面的扶手，眼睛盯着斑驳的指甲。手表指针指向十一点，跟职介所约在下午一点。还有两小时。

对于这多出来的时间，时钟仿佛停止了。尽管如此，我还是丝毫没有去美甲沙龙的心情。

“哎哟，奈奈，就一次嘛，就一次好不好嘛！”

命中注定的那一天。我和“新晋帅哥国会议员”栗林真治一起吃饭。

从他宣布参选前，我一路负责报道他的动向，通过几次特别节目的深入接触，我们已经相当熟悉。栗林并没有强大的后台，也讲不出什么政治理念，单单凭借出众的相貌，被我们组的制作人抢先锁定。

后来栗林频繁被媒体曝光，成了偶像议员。我和组里的同事倾尽全力为他造势，连他自己也直言“我能当选都是东都电视台的功劳”。

用餐过程中，栗林发下宏愿，“总有一天要当部长”。我在心里默默翻了个白眼，要是凭长相就能当部长，这个国家离完蛋也不远了。最近栗林时常受邀做客综艺节目，越发朝艺人方向发展，很有春风得意之势。

我早就察觉到他对我有意，好几次私下邀约都被我婉拒，但我也没把握自己还能推托多久。

说实话，栗林是个颇有吸引力的男人。身材、长相出挑，就连容易得意忘形的坏毛病，在别人眼里也是优点。我甚至觉得，他的这一面，应该只会在我面前展露。

他结婚了。当然，他也知道我是已婚。而且，我们都是公众人物。他明知道这是在玩火，却还对我展开了猛烈的追求。

那天晚上，他再次试图更进一步：“我在附近的宾馆订了房间。”

我苦笑道：“这种事情答应了一次，就会有第二次，那不就没完了吗?”

“不会的。如果我敢再提，随你怎么打我都行，好吗?”

当时，我确实产生了“就一次应该无所谓”的念头。

所以，离开餐厅的那个瞬间，我早就做好心理准备，预感到栗林一定会加紧攻势，而我也做好了不再拒绝的准备。

满嘴酒气的栗林凑过来，吻了我。他的舌头从我的牙齿中间伸进来，我已经无力抵抗。

就在这时，闪光灯在我们身旁亮了一下。我立刻意识到发生了什么，可一切已经太迟了，黑色的人影一溜烟四散而去，如同行动矫健的动物一般。

以命中注定的那一天为界，我的生活发生了翻天覆地的变化。

两个月后，我就成了现在这样，在工作日的上午，随着列车，摇摇晃晃。

东都电视台的知名记者与帅哥议员双双陷入出轨的泥沼。

列车里悬挂着八卦周刊广告，那耸动的文字至今历历在目。旁人的白眼也总是如影随形。

曾经簇拥着我的人们，时常给我提点的导播、关系融洽的女主持、记者同事、新闻部门工作人员，以及对我格外严厉却也相当器重的总编……当然还有对我和栗林青睐有加的制作人，所有人同时离我而去。

自那以后，我的时间一直没有再往前走。

列车到站，车门打开，伴随着寒冷的空气，上下车的乘客擦肩而过。我低着头，向检票闸机走去。

“哇，好香啊，你在做什么，土豆炖肉吗？”和真一回来就大声问道。

“是炖土豆。”我站在厨房，背对着他说。

“炖土豆是什么？”

“土豆炖肉，没有肉，就是炖土豆喽。”

和真大笑道：“原来是这样。我看你短信说‘晚上自己做’，看来这顿有口福了。”

烤鱼、煮羊栖菜、腌菜、“炖土豆”，望着桌上的碗盏，和真好似小学生一样欢呼雀跃。

“看起来很好吃的样子，还好今天中午只吃了一个饭团。”

“啊？”我不禁诧异，“真的吗？你到现在只吃了一个饭团？”

“嗯。所以这顿我得多吃点。”说完，和真双手合十，大口大口地吃了起来。

我望着他大快朵颐的样子，悠悠地拿起筷子。

和真，你瘦了。

或许是因为我再三提醒他所谓的“反三高饮食法”，又或者是他节制饮食、控制食量的缘故，当然，和真的消瘦另有原因。

他在公司也没少听闲言闲语。

和真公司的主要合作媒体就是东都电视台。和真所在的部门在多个东都电视台的节目投放广告，包括我参与的节目。和真担任广告销售，负责对接广告主和电视台。事件发生后不久，他被调往了其他部门。

表面上，这只是一次单纯的人事调动，可调职原因显然与我有关。

朝日奈真由加的丈夫。这个身份对和真来说，曾经对销售工作有帮助。而现在，我能起的只有反作用。

我设想过，和真会因为那件事向我提出离婚，他完全有理由也有权这么做。

即使我不爱栗林，也不想和他发展特殊的关系，但在和真面前，我依然于心有愧。

长久以来，我对和真谈不上多有感情，我们之间的关系也总是淡淡的，没有孩子，经济上各自独立。

我甚至觉得，这段婚姻可以随时结束。我们两个人的时钟，其实早就已经停摆了。我和他的时间，互不相融。

对婚姻的这种认知使我放松警惕，结果酿成了一场闹剧，并最终断送了我的职业生涯。

这都是自作自受。

因此我早就打定主意，若是和真提出离婚，我便无条件答应。

可是，无论事件爆发的当口，还是我从电视台辞职，去职介所找工作的这段时间，和真都对那天晚上发生的事情只字不提，从来没有提过。

我已经有心理准备，只要和真问起，我一定和盘托出，把心里的话全都讲出来。

那天晚上的事，实在有些无奈。

不可否认的是，我的心中并非毫无杂念。

最近，我开始思考这段婚姻的意义。

不久之前，我甚至认为，分开或许是更好的选择……

可是现在……

“有电视台找你去面试了吗？”和真一边吃烤鱼，一边不经意地问。

面对他突然抛出的问题，我没有立刻作答。我喝了一口茶，缓缓地说：“没有啊，还在跟职介所谈，他们的意思是有几家可以考虑，但最好隔一段时间再说。毕竟……”

爆出那种丑闻后，不可能有电视台会轻易聘用我。我很懊恼，生怕再也不能回归电视圈。之后，好几位女播音员都曾因为出轨而淡出了人们的视线。

我也会步她们的后尘吗？

“对了，我有一些话一直想跟你说。”

我像被什么东西戳了一下。

这一天还是来了。

为了不让和真察觉到我握着茶杯的手正在剧烈颤抖，我站起身，假装收拾碗筷。

“嗯……你想说什么？”我背对和真，尽量保持平静地问。同时，我拧开水龙头，让自来水喷涌而出。

没办法。一切都是自作自受。

我犯的错，自然应该独自承担，这一步，是必须要跨过去的。

“比起电视上的你，我更喜欢现在的你。”

背后传来低沉而温暖的声音，我没有回头。

“我一直觉得，那时候的你，发型啊，套装啊，指甲啊，全都无懈可击，可从另一个角度看，感觉很有距离。现在的你，才是最真实的样子。”

自来水流过我的指尖，指甲油已经掉光了，指甲已回归原本的颜色。

“你想说的，就是这些话？”我依旧背对他，再次确认。

“嗯，还有一句话。”

我仿佛能够感觉到和真点了点头，站起身，来到我身边。

“你终于回来了，我一直在等你回家。”和真在我耳畔说道。

关上水龙头，和真从背后环抱着我，紧紧握着我浸湿的双手。

这一步，让我们肩并着肩，一起跨越。

有一个声音回荡在心间。

那个属于我俩的，停摆许久的时钟，此刻，重新缓缓运转起来。

STORY 6

滚动的石头 >>>

転がる石

近来时兴风水美甲。

风水理论中有美丽的双手能牢牢抓住幸运的说法。而指甲，恰恰是召唤好运的关键。男人们或许很难理解，不起眼的指甲会成为提升运势的重点。

发梢、睫毛、指尖……爱美女性对身体末梢的关注由来已久，如果再融合些许占卜命理的元素，话题度自然加倍提升。

“听我说呀，田渊小姐，你前阵子推荐我那款风水美甲以后，我就交了个新男朋友!”美甲沙龙的常客大辻平常就是个大嗓门，此时更是用高八度的声音向我汇报新恋情。

我微笑回应：“真的吗？厉害了，您是我们这儿第三个了。”

“哇，真的假的?”大辻将胖嘟嘟的双手摆在美甲台上，惊讶地问，“只要在这里做风水美甲，都会找到男朋友吗?”

“也没有那么夸张啦，目前有五位客人尝试过，您是第三个，概率应该超过百分之五十了吧。”我故意语带玄机。

大辻兴奋地说：“哇，太厉害了，还好上次我试了一下。我这就写博客，推荐我朋友来，行吗？”

“当然啦。请一定多多为我们做宣传。只要是您的朋友来做风水美甲，都会有优惠哦。”

美丽的双手能牢牢抓住幸运。

如果没有从事这份工作，我会不会相信这样的说辞呢？比起干燥枯槁、角质剥落的双手，如百合花般滋润光滑的纤纤玉手，似乎更接近人们对成功、富有的想象。

为了让双手看起来更有幸福感，我选择了美甲师这个行当。

手机铃声突然响了起来，大辻从椅子上站起身子：“哎呀，不好，不好，可能是我男朋友。不好意思，田渊小姐，能帮我把包里的手机拿出来吗？”

我从大辻的豹纹皮包中掏出装饰着水钻的手机，掀开皮套，凑近她耳边。

“喂，听得到吗？嗯，我在做指甲，就快好了，可能会晚一点到，等我一下哦。”

她的脸颊泛出玫瑰色的红晕，声音娇俏，如同任何陷入热恋期的男女，每天频繁互通短信、电话，乐此不疲。

“这段时间是最难舍难分的了，哎呀，羡慕死人啦。”我不禁吐露心声。

大辻诧异地说：“咦？田渊小姐，你不是也有男朋友吗？我记得你说过，有个交往好几年的男朋友，我才羡慕你呢。我们只谈了一个月，未来会怎么样谁知道呢？”

起初，我也有过类似的想法，认为这段感情或许很难维持。

毕竟，一直以来，是我过于一厢情愿，这种感情随时都会面临终结。

长期处于单恋状态的我一下子如愿以偿，一切来得那么突然，令人心生畏惧。

送走当天最后一位客人大辻，我开始整理物品，准备回家。打开储物柜，背包中的手机铃声大作，大约响了三十秒，对方挂断了。

我查看来电历史记录，今天从上午十点起，每隔三十分钟就有电话打进来。

是伸司的电话。

是两年前开始同居的，我的男朋友。

穿过检票闸机，我朝公寓方向走去，脚步越发沉重。在第三个街角转弯便是我所租住的公寓，二楼最靠东侧的房间。如果没有灯光从窗户透出来，我悬着的心便放下了一半；若是亮着灯的话……

我轻轻插入钥匙，转动门把手，尽量不发出声音。

啪嗒！

一个唱片塑料盒飞了过来，还好我及时闪过，脑袋并没有被砸中。

“你干什么去了！我给你打了多少次电话了！”伸司的怒吼回荡在房间里。

我赶忙走进玄关，顺手带上门。“我没办法呀……我要上班啊，跟你说了多少次了，上班的时候没办法接电话啊。”

伸司背对我，坐在大约十平方米的里间。电视上是格斗游戏高对比度的艳丽画面。我试图压抑剧烈的心跳，蹑手蹑脚地从厨房向洗手间走去。

“人呢？过来啊！”伸司的后背似乎长了眼睛，低声道。

我走到餐桌边，全身僵硬。

“为什么不接我电话？我影响你上班了吗？”

“我没空啊，整天帮客人做指甲，一刻都没停过。”

伸司顿了几秒钟，突然站起身子，三两步来到我面前。我下意识地咬紧牙关，伸司大而厚实的手掌朝我脸颊飞来。

啪！我的脑袋里瞬间火花四溅，身体朝餐椅的方向仰倒下去。

“别人的手指甲比我还重要？你不是口口声声说很喜欢我，没有我不行的吗？难道不是你死皮赖脸说要跟我在一起的吗？”

伸司一边咆哮，一边在我的背上又踢了两三脚。为了不在脸上留有瘀青，影响美甲沙龙的工作，我死命用手臂护着脑袋。

“你给我听好了，不准离开我，你上班的地方也好，娘家也好，你跑到哪里，我就追到哪里。听到了没有?!”

我的身体在地上无助地来回屈伸，眼下唯有咬紧牙关，耐心等待伸司心中的风暴呼啸而去。

几分钟后，伸司把我扶了起来，结实的双臂像走投无路的小动物那般颤抖着，他紧紧搂着我，呜咽声从他的口中传出。

“对不起，实花，我错了。我控制不了我自己，我也不知道为什么会这样，都是我的错……对不起，实花。对不起，我错了。你受苦了，实花。”

伸司反复嘟囔着，把脸埋在我的发丝中间，流下泪来。我闭着眼睛，抚摸着他坚硬的后背，低声安慰。

“没关系，伸司。没关系，我不走。你放心吧，伸司。”

有一次，朋友带我去看拳击比赛，我认识了伸司。“有个一边上班一边打拳的拳手，特别帅。”那个爱看搏击的女性朋友是这么说的。

这是我有生以来第一次现场看搏击。白色的拳台仿佛飘浮在半空，肉体相互碰撞，汗水飞溅。对谨小慎微，天天盯着别人指尖的我来说，全然是另一个世界。

那天，伸司因犯规被判输。我情不自禁地站起来为他鼓掌。

比赛结束后，大家相约聚餐，伸司看起来特别羞涩。在朋友们的簇拥下，他的笑容难免尴尬，与拳台上的果敢形象反差巨大，我对他的好感不降反升。那天晚上，我只是坐在一角，默默地注视着他，一句话都没有说。

之后，我开始了单相思的日子。

每逢比赛，我都会送花给伸司，把心中的情愫写成短信发给他，每天好几条。因为见不到伸司，我甚至还会去他公寓附近转来转去。这种行为跟所谓的跟踪狂没什么两样，但当局者迷，彼时的我竟毫不自知。

“我有种坏毛病，所以不太敢跟女孩子交往。”

伸司终于答应见我，当晚他向我坦承了自己的病状。

据伸司说，工作后因为压力太大，他患上了忧郁症，情绪起伏剧烈，有时甚至无法自控。如果不为这股情绪找到出口，伸司会痛苦得心胆俱裂，后来在医生的建议下学习拳击，也是希望症状会有所好转。

“我对前女友也做了很过分的事，你的心意我很感动，但如果在一起，你一定会讨厌我的。”

我打心眼里感到高兴，伸司会对我掏心掏肺，所有的过去、现状、难言之隐统统毫无保留。听着听着，我不禁满面泪痕。

看我莫名其妙突然落泪，伸司反倒急得不知如何是好。他安慰我，努力转移话题来缓和气氛。他的态度令我倍感温暖，眼泪一直不断落下来。

我怎么会讨厌你呢？

让我在你身边照顾你，直到你完全康复，然后，我们就永远在一起。

我断断续续地说出心里话。伸司望着我，眼眶里也闪着泪光。

走出餐厅，脸颊的泪痕尚未风干，伸司忽然吻了我。

那一刻，我的世界焕然一新。

伸司成了我的轴心。在伸司的世界里，我也成了轴心。两颗星球开始相互支撑。

“这样吧，我给你开一个星期的药，稳定情绪加上助眠，先观察一下吧。”医生有条不紊地说。

“好的。”我点点头。这是我第一次来看心理医生，女医生胸口挂着名牌，头像照旁边写有“近藤千鹤”四个字。近藤医生全程面带微笑，声音温暖而亲切。起初，我的心像石头一般坚硬，后来逐渐卸下心防，把关于伸司的事原原本本告诉了她。如果对方是男性，也许我不会说，是近藤医生给了我倾诉的勇气。

近藤医生写完处方，放下笔说道：“以你的情况，想要改善精神状态，从生活环境入手是最有效的。”

“您的意思是……具体要怎么做呢？”我疑惑道。

近藤医生望着我的眼睛，缓缓回答："试着跟男朋友分手吧。"

我低下头。

我心知肚明，除了这么做，别无他法。继续交往下去，问题只会日趋严重。此时此刻，我已经到了不得不来看心理医生的地步。

可是，我又怎么能跟伸司分开呢？如果我离开了，他就真的孑然一身了啊。

伸司从公司辞职，也不再打拳击，整天窝在家里。只要我言谈中流露出分手之类的意思，他立刻暴跳如雷，甚至拿出菜刀扬言要自杀，有一次还割伤了手腕。

如果我离开他，想必他一定会做出傻事。

若事情发展到那个地步，我这辈子恐怕都要背负这一恶果。我没有勇气面对接下来的一切。

"田渊小姐，你知道，俗话说'船到桥头自然直'，"近藤医生面带微笑，平静地望着我，"如果你总是担心，这样做会带来那样的后果，这样表达会带来那样的反应，恐怕想再多都无法付诸行动。但只要你下定决心，直接行动，很多事情会有预料不到的发展。"

"预料不到的发展……那如果是不好的发展呢？"

"刚才的话都是我的经验之谈，"近藤医生笑道，"人生无法预测，每个方向都有一番风景。流水不腐，户枢不蠹，滚石不生苔，这些话你应该听过吧？滚动的石头不会长出苔藓，滚着滚着，坏的运气就都滚掉了。"

听到这里，我的心一下子明亮起来。

我站起身子，向医生告别。

近藤医生注意到我的手指："哟，你的指甲很好看呀。"

"这是风水美甲。据说能够带来幸运，我在美甲沙龙上班，您有时间也可以来做指甲哦。"说完，我从手袋里取出美甲店的卡片。调到静音模式的手机在手袋里不断振动着。

近藤医生看了看，笑着将卡片轻轻放进抽屉。

那天晚上，伸司一如往常，大闹一场后，双手抱膝枯坐在地。

我主动提议："要喝咖啡吗？好好谈一谈可以吗？"

我一边说一边颤抖着，生怕伸司以为我要提分手，再次哭天抢地起来，可他却没有丝毫反应。

我一方面厌恶伸司，一方面又心生怜惜，两股情感不断打架，互有消长。

只要下定决心，直接行动，很多事情会有预料不到的发展。

我回想近藤医生的话，将水烧开，在杯子里倒入速溶咖啡。除此以外，我还加了两袋助眠药。

我的心脏快要跳出来了。我深吸了一口气，把杯子递给伸司。

伸司顺从地喝了几口咖啡："对不起，实花。我太害怕失去你了，对不起。”

“没事的，别担心。”

我的话语，此刻的伸司真的听进去了吗？

我蹲坐在床边，直到伸司的呼吸声越来越重。我站起来，用脚尖戳了戳伸司的腰，他没有察觉。我加大力道，踢了他一脚，仍旧一点反应都没有。他的身体宛如一块硕大的石头。

我从梳妆台拿来一瓶红色指甲油，转开瓶盖，用指甲油在伸司的脸颊上画了个大大的唇印。画完以后，我望着伸司的脸笑出声来，想象他醒来看见，会是怎样的情景。

他会惊讶吗？还是愤怒呢？抑或哭天抢地？发了疯一样四处找我？

无论如何，这一次，我要直面伸司，同时也直面我自己。

我将生活必需的物品打包好，关上公寓的门，转身离去。

早春时分，午夜寒气逼人，我坐上开往市区的末班车，望着略微有些干燥的双手，以及总是涂着精致指甲油的指甲兀自出神。我轻轻搓了搓手掌，不禁心生怜惜。

尽管这双手没能抓住幸福，但或许，总可以捡起什么来吧。

滚落在路边的石头，随处可见。

STORY 7

一二三，金平糖 >>>

いろはに、こんぺいとう

结束午休，在前往诊疗室的路上，白大褂口袋里的医院内部通话器振动起来。

又来了……

我有些不耐烦地接起："你好，我是近藤。"

"我是前台的小东。您家里来电话了……"

我吸了口气，说："是我母亲吧?"尽管我试图平心静气，但语音语调听着还是难免有些攻击性。

小东不无歉意地说："嗯，没错。上午她打来的时候，我按照您说的回答她了。说您正在问诊，如果没有紧急情况不方便接通。"

最近，母亲频繁地打电话到医院，我拜托过小东，希望用这个理由回绝母亲的来电。母亲却不依不饶，认为既然是午休时间，电话没有接不通的道理。

"我知道了，麻烦帮我转告她，我马上给她回电话。"

挂断通话器，我重重地叹了口气，手表显示，距离下午开始诊疗还剩三分钟，我快步从后门走出去，打开手机电源。

就在这当口，手机开始振动，屏幕显示出家里的电话号码。

我吐了口气，接通电话："我是千鹤，又怎么啦？"

"小千，是我呀，不好意思啊，打了好几个电话给你。"

听筒传来母亲温婉的声音，听上去像一位随处可见的、有阅历有教养的老妇人。

"怎么啦，早饭的事情吗？"

"对啊，怎么说呢……"母亲语带暧昧。

我尽可能地让自己不被负面情绪吞噬，放慢语速，温和地说："你已经吃过啦。鱼干、纳豆、腌菜、味噌汤。味噌汤里放的是青菜和油豆腐。"

母亲似乎不知如何应对，顿了顿，低声说道："有吗？我怎么觉得没吃过呢？"

岩浆在胸中翻腾，冒着气泡，我不去面对这股情绪。"吃过的。"

"没有，没吃过啊。"

"吃过的。"

"有吗？"

"对，吃过的。好了，妈妈你吃过早饭了。"

我深感愕然。

我做了最不该做的事。在心理学上，绝对不能把自己的想法强加给病人。

"不早了，我要上班去了，一点钟护工也会上门的哦。"我赶忙岔开话题。

母亲叽叽咕咕，还有什么话没说完：“应该没吃过！”电话戛然而止。

我望着手机出了一会儿神，随后伸了个大大的懒腰。

换换心情，深呼吸。

如果心理医生被这类问题难倒了，还怎么面对前来求医的广大病人啊。

我做了个深呼吸，打起精神，快步向诊室走去。

我的母亲，七十五岁了。

今年春天，属于她的记忆七零八落地丢失了，一片接着一片。

母亲与我共同生活的时间，几乎占到我整个人生的九成。

大学期间我没有住校，在市内某医院就职后，日常生活的琐事也都由母亲一手包办。正因为如此，二十八九岁结婚时，我一点家务都不会做，着实吃了不少苦头。或许也有这方面的影响，女儿美央出生三年后，我离了婚回到娘家生活。母亲将唯一的外孙女视若珍宝，美央在她的呵护下，宛若一棵小树亭亭玉立，没有一丝倾斜。

在我四十五年的人生里，与母亲分开的时光仅有四年。

一直以来，母亲默默支持着我，让奔忙在工作、学术会议之间的我没有后顾之忧。同为医生的父亲，在我大学毕业那年去世，母亲时常拿我跟父亲做比较。

“你爸爸走过的路，现在轮到你继续走了。”她说。

你可不要像你爸爸那样，忙工作把身体忙坏了哦。

她从没说过这一类的话。似乎她早就看透了，我会如同父亲那样，对医生这个职业抱有某种使命感，全身心地投入进去。

面对我这个忽然决定结婚，婚后立刻生孩子，又轻易离了婚回娘家的女儿，母亲永远面带微笑，在一旁默默守护。她就是那种无条件付出的母亲。

“妈妈，你听我说呀，外婆她有点怪怪的。”

初春寒风劲吹的晚上，母亲在整理碗筷，美央拖着我去客厅。

“怪怪的，哪里啊？”

美央吞吞吐吐，从厚实的针织衫口袋里掏出一个小纸袋。

那是一个红包。“压岁钱——美央”，红包上的这几个字显然是母亲写的。

“她说还没给我压岁钱，把这个塞给我了。”

我疑惑道：“给过你了吧？”

“嗯，”美央点头道，“一开始我还觉得自己赚到了，就收下来了。谁知道，昨天和今天，她又说了一模一样的话。”

接着，美央又从口袋里拿出两个红包，全都写有“压岁钱——美央”的字样。

我大吃一惊。

是阿尔茨海默病的先兆吗？

“我总不能拿她那么多次压岁钱吧……妈妈，你帮我还给外婆好不好？我还是不要了，感觉像我骗了外婆一样，我不想骗她。”

我勉强露出笑容，尽力压制加速的心跳，收下红包，摸摸美央的头：“谢谢你，美央，谢谢你跟妈妈说实话，外婆年纪大了，可能忘记了。”

美央的表情很是不安：“还有呢，还有一件更怪的事。”

我的心再次揪了起来，脸上故作平静：“怎么了？”

美央低头道：“外婆有时候会叫我‘小千’，我说‘外婆你认错了，我是美央’，她说‘哦，对不起我认错了’，然后没过多久又会说‘小千啊，我跟你说’之类的话。”

美央可以说是由母亲一手带大的，她们之间的关系格外亲密。美央担心的程度丝毫不亚于我。

“妈妈，外婆不会有什么事吧？”

我心中的不安与惶恐如飞沙走石般升腾着，嘴上却刻意淡淡地说：“没事的，年纪大了是会这样的。”

“外婆生病了吗？妈妈你会治好她的吧，你可是心理医生啊。”

不，这不是三两下就能治好的病。

不是只需用药、手术、做复健就能彻底根治的病。

从那天晚上起，我开始暗自筹划。

随着母亲症状的进一步加剧，我该如何进行相应的看护？就算没有抑制阿尔茨海默病的有效疗法，有没有什么针对性的治疗方式呢？

我翻遍了医学书籍，查遍了网络，还是没能找到明确的解答。

母亲的症状毫无缓解的迹象，属于她的记忆逐渐剥落，一片接着一片。

四月，母亲展开电话攻势。她一而再再而三地打电话到我的办公室，问一些无关紧要的问题，例如“早饭吃过了吗?”“美央不在家，她去哪里啦?”等等。一方面，我担心给医院添麻烦；另一方面，我也生怕独自在家的母亲会做出什么怪异的举动。下午我安排了护工，一直待到美央放学回家，而上午八点到十二点的四小时成了真空期。

这四小时，母亲会往医院打电话。我跟医院前台打过招呼，希望她们不要理会母亲的来电。但这总不是长久之计。我也向看护单位要求过延长看护时间，最好上午就能来，但碍于人手不足，始终无法满足。对目前的状况，我实在无计可施。

某天上午，前台给我所在的诊室打来电话。

"您母亲来医院了，说要见您。"

我吃了一惊，立刻前往等候室。等候大厅人头攒动，母亲站在角落里东张西望，坐立难安。我赶忙走到她身边："怎么啦，妈妈?"

一看到我，母亲立刻展颜笑道："太好了，你没事就好。"

我一时无言以对。

母亲紧紧握着我的两只手，含泪道："家里来电话，说你出了车祸，把人家撞成重伤……需要五百万日元急救，让我立刻汇过去。"

我心口一紧，这不是汇款诈骗吗?

我抓住母亲消瘦的肩膀，来回摇晃着大声问道："妈妈，你清醒一点！你该不会把钱汇过去了吧?"

等候大厅的人们纷纷投来好奇的目光，可我哪管得了这么多。

"好疼啊，放开我，小千，"母亲被摇晃着，轻声说，"我怎么可能做那种蠢事嘛，我给你打了好几通电话，想看看你究竟有没有事，你都不接电话啊，我这才过来找你了呀。"

我松开手，母亲眼眶含泪。

我望着母亲出神，眼前的她，还是那个一切正常的母亲。

"我才不会轻易地动用我的棺材本儿呢!"母亲笑道。

母亲住进了疗养院。

是她本人的要求。

母亲的阿尔茨海默病以令人惊讶的方式迅速恶化。随着时间的流逝，母亲的健忘扩展到生活的方方面面。

到了这个地步，我无法继续放任她独自在家。

我开始认真考虑是否跳槽到其他医院，允许我只在下午上半天班。在这节骨眼上，母亲忽然提出要进疗养院。

“哎，总觉得现在什么都忘了，所以啊，还是有人全天候照顾着比较好。”

听到这番话，我深感无地自容。

从事心理方面的治疗工作二十多年，我一直为病人们排忧解难。

我见过形形色色的病症，也曾经深刻地领略过人性的阴暗面。只要病患的状况得到改善，我会特别有成就感，对自己加以肯定和褒扬。

然而为了自己的母亲，我又做过些什么呢？

我丝毫不曾体察母亲的需求和心声。母亲一路以来全身心地照顾着我，而我却认为这些都是理所当然的。我单方面地依赖着她，接受她的付出。

哪怕母亲得了病，变成现在这个样子，我甚至都不愿意接听她打来的电话。

担心会给医院添麻烦只是一个借口罢了。其实是我自己，不愿意被卷进麻烦之中。

在母亲表示要离开后，我仍旧无法放下工作。

我当然不想把母亲交给素不相识的人照料。

我感到万分痛苦。

出人意料的是，在主动表示要进疗养院后，母亲忽然精神大好，她领回好几家疗养机构的传单图册，津津有味地前后翻阅比对。她还拿给美央看，让她以后经常去玩。

母亲似乎已然把一切安排妥当。

“外婆，你要走了吗?”

我在厨房收拾碗筷，透过门缝听到美央的声音，她正和母亲一起在客厅看疗养院图册。

“不走啊，怎么会呢?”母亲回答。她沉默片刻，铿锵有力地说：“这叫独立。”

我的双手悬在半空中停住了。

“对了，小千，你想玩上次教你的游戏吗?”

“不是小千，我是美央。”

“哦，对对。玩吗?‘一二三，金平糖’?”

“好啊，”美央高兴地说，“那从我开始，一二三，金平糖。”

“金平糖，甜滋滋。”

“甜滋滋，大白兔。”

“大白兔，我该说什么?”

“哈哈，”美央大笑道，“大白兔就是糖果啊。”

“哦，对啦，是糖果，甜的。”

“甜滋滋，好外婆。”

“好外婆，谁是好外婆啊？”

一阵笑声。

“好外婆当然是外婆你啦，你是我的好外婆。”

“嗯，对哦。我来想想怎么接，好外婆……”

好外婆，千鹤妈。

我心中突然跳出这么几个字。

儿时紧紧依偎在母亲身边的光景，仿佛近在咫尺。

STORY 8

生日夜 >>>

誕生日の夜

回到家，开灯的时候我忽然想起一件事。

今天，难道不是我的生日吗？

眼前泛黄的墙上贴着从医院拿来的小动物系列主题月历。我在医院工作。三只小猪在草地上嬉闹，我将视线聚焦在下方成排的数字中央，无力地叹了口气。

我所居住的单间此时凌乱不堪。昨天盒饭的残骸、今天早上三明治的透明包装纸、三个咖啡杯、四个盛面包的平底盘全都堆在桌上。纯粹是嫌麻烦，我总是等到没有餐具可用的地步，才一次性将所有碗碟洗刷干净。正因如此，一个人的蜗居，空气里弥漫着泡面与速食咖喱混合的气味，跟乱七八糟的男生宿舍没什么两样。

即使是这个几乎可谓“恶臭”的房间，每天下班回来，我依然感到温暖和安心。只是今天，一切似乎格外不对劲。

对啊，今天我三十岁了。

我把肩上背的漆皮风格背包扔到床上，起床后被子也还没叠。接着，我将占领那张小餐桌的碗碟、装盒饭的塑料盒收掉，站在满满当当的水槽前默默地开始刷碗。

三十岁。

时光飞逝得真是太快了。刚过二十岁的那几年，根本无法想象这一天的来临。

好几个朋友已经结婚，孩子都两岁了，有的在郊区买了房子。不必主动打听，她们就会以抱怨的方式大肆炫耀眼下的幸福生活，什么房贷要还三十五年啦，只能指望老公多赚一点啦，小孩子的教育费用很高啦。其中也不乏单身的朋友，她们通常呈现出享受精彩生活的姿态，工作、恋爱两不误。总而言之，她们并不恐惧年龄的增长、时光的流逝，反而扮演着生命的赞颂者。

梨花尤其如此。

那天晚上，我和梨花一起吃了晚饭。不用说，根本没有什么红酒、生日蛋糕和神秘礼物。

一如往常，梨花总是临时邀约，全然不顾我有没有别的安排（害我错过了正在追的连续剧），席间也永远是她自说自话，一小时后她突然说跟男友有约，晚餐草草收场。而且，费用还是各付一半，一分不少（尽管我只点了一杯啤酒，梨花则喝了三杯鸡尾酒）。

我来回擦洗着沾有番茄酱的平底盘，心里感到一阵悲哀。

梨花太过分了，今天是我的生日，她一点都没放在心上。

想到这里，我也不禁自嘲。

算了，连自己都忘了，又怎么能怪她呢?

今天是我来到这个世界上的日子。这与别人又有什么关系呢?

连我自己都……

“雅代，你还在做合同工吗?”梨花点完第三杯鸡尾酒问道。

当时我正小口喝着我的第一杯啤酒，暗自盘算她那杯鸡尾酒的价钱，以及结账时是否又要各付一半。“啊?哦，对啊，还是短期合同。”

“还是那家医院?前台?”

“没错。”

“哈哈，”梨花夸张地笑道，“不会吧?你都做了几年啦?”

什么叫“不会吧”?我假装平静地回答：“五年了。”

“你也做太久了吧，这种工作有什么好留恋的，起码也要从短期合同转正吧。”

我也想转正。可正因为企业单位有其他考量，劳务外包公司才有生存的空间，不是吗?

“医院前台真的这么有意思吗?还是说，短期合同工比较有趣?”梨花留着一头中长发，卷烫蓬松得宜，镶有水钻的指甲不时穿梭其间，“也是啦，前台啊，合同工啊不用负什么责任，我什么时候也能这么潇洒就好了。”

我把拿到嘴边的啤酒杯放回原位，双眼盯着自己握着酒杯的手背，不用抬头，我分明能感受到梨花的凝视，那种足以刺痛我的、极具挑衅意味的视线。

“在外资公司当董事一定很不容易吧。工作量大，责任重大，辛劳无限。”

“哈，”梨花得意地笑道，“还好，收入和历练也会多一些啦。”

“哦，”我依旧垂着眼，语气尽可能若无其事，“真好，太羡慕你了。”

“还行吧，”梨花不以为然，继续不留情面道，“雅代你可不能一直这样下去啊，时间过得很快的，总不能当一辈子输家吧。”

要你管。

我无言以对，只能默默表示抗议，甚至连双眼都不敢抬起来看她。

梨花是正当盛放的花，一朵大大的蔷薇，娇艳欲滴。

梨花家境优渥，从私立名牌大学毕业后，去美国念了个工商管理硕士，不费吹灰之力地攀上人生胜者组的阶梯。第三次跳槽的她，摇身一变成了新锐外资投资公司日本分公司董事。二十九岁的年纪拿着三千万日元年薪，开宝马五系，男友同样在外资公司供职，美国精英。爱好是兜风、骑马，到高级温泉宾馆度假。

她拥有我没有的一切。

没错，梨花从小到大就是一朵香气四溢、色彩鲜艳的高级蔷薇，她的绽放是命中注定的。

与之相反，我出身于普通工薪家庭，父亲是公司职员，母亲打零工，小学到高中一路就读公立学校。考入东京的大学后，我开始独自生活，毕业以后很快加入劳务外派公司，先后在多家公司担任前台，在现在这家医院不知不觉已经做了五年。然而，因为工作相对稳定封闭，我几乎没有结识异性的机会。年薪三百万日元，骑二手自行车，十年来没交过男朋友。爱好是垃圾食品配连续剧。我是一棵不折不扣的野生荠菜，在背阴处默默无闻地生长着。

梨花和我的共同点仅仅是同性、同龄、同乡，别无其他。

我们两个如此不同，为什么会成为朋友呢？

梨花和我是所谓的“发小”关系。

在我三岁那年，我家所在的区域经过旧区改造，令人惊讶地蜕变成高级住宅区。我们家受惠于此，幸运地被安置在低楼层，而梨花一家则入住最高层。公寓的顶层与底层，已经充分暗示了我们此后的人生际遇，可那时我们还是孩子，时常一起玩，并没有预想到未来会从属于哪个阶层。每次都是我去梨花家做客，豪华的装潢令我目不暇接，简直不像身处同一幢公寓，梨花的房间也很大，我们会一起玩洋娃娃，或是打电子游戏。

虽然还是天真无邪的年纪，但我们的角色从一开始就自然而然地确定下来。玩过家家的时候，梨花总是扮演公主或明星，而我永远是仆人或粉丝的角色。我近乎自告奋勇地扮演着梨花的仆人，也不知道是被豪华的装潢震慑，抑或是被梨花妈妈每次端来的美味点心收买。玩游戏时我会故意输给她，追偶像团体还会特别留意梨花的喜好，刻意避开她喜欢的男孩子。

即使我们后来考入不同的学校，来到东京生活，进入社会，我们依然保持着“发小”这层关系。准确地说，梨花永远居于优势地位，我永远是她的附庸。

这样的关系算朋友吗？

除了梨花，我也有别的朋友。跟他们在一起，我会毫无顾忌地放声大笑。但唯独面对梨花时我会不由自主地后退一步，以她为先，发短信、打电话都是如此，更别提见面了。只要梨花找我，我从来不曾推托拒绝，无论她说什么，我总是面带微笑，随声附和。

对梨花来说，我应该是那种无关痛痒的朋友吧。跟我这样的人在一起，梨花究竟图什么呢？

在梨花身边，应该不乏聪明、工作能力强、兴趣相投、谈得来的人才对啊。

我总是不由得陷入这种负面思考之中。

小时候很流行开“生日会”。同学们都会邀请关系亲近的朋友来家里做客，而我从来没办过生日会。

如果办生日会，邀请班上的同学来做客，我就不得不邀请梨花。

一年一度，以我为主角的日子，只要梨花到场，我就会被立刻打回原形。

因此，小学到中学这段期间，我只和家人一起庆祝生日。到了高中，生日不再是什么大不了的日子。进入社会后更是如此。

梨花则与我不同。随着年龄的增长，她的生日派对越来越豪华气派。

去年，她甚至包下君悦酒店的法式餐厅，举办了一场盛大的生日宴。我因为没有合适的衣服可穿，心想就算出席也不过是平添烦恼，纠结了一阵子，结果还是发短信回绝了。

梨花的回复冰冷而尖刻。

我没有再回她，只是在心里嘀咕着，就算结识了梨花周围的那些高端人士，对我又有什么意义呢？

我的生日糊里糊涂地过去了，一个月后，又到了梨花过生日的日子。往年的五月末，我都会收到梨花的生日会邀请，今年却音讯全无。

怎么回事呢？我望着墙上的小猪月历暗自思忖。

真是讽刺，直到当天夜里才猛然意识到自己过生日，梨花的生日却提前三周就令我牵肠挂肚。

想必她今年的生日会跟去年一样盛大吧。即使邀请我去，我多半还是拒绝，况且去年没参加，今年都不一定会在邀请名单上吧。

唉，算了吧。

我一面觉得如释重负，一面又心下凄然。距离我生日那天，三杯鸡尾酒各付一半那晚，已经过去两周了，梨花一点消息都没有。

以前，不管工作多么忙碌，她都会每隔三天就发短信、打电话给我，说些或自恋或抱怨的话。我当然也会不耐烦，梨花是个百分之百以自我为中心的人，而我的角色是顺从地附和她的话题，这种模式只会令我感到疲惫，于我毫无益处。因此，我曾默默下定决心，绝不主动联系梨花。

从今往后，我是否一辈子都无法摆脱梨花了呢？

朋友这一点最伤脑筋。放在交男朋友上，不合适、不喜欢大可以分手，从此不再相互牵扯。朋友可不行，无论多么厌烦，只要没什么大的分歧，所谓的“友谊”不会轻易断绝。

一想到这么长时间没有梨花的消息，我不禁心烦意乱。

是不是身体不舒服？工作太忙了吗？跟男朋友分手了？还是家里出了什么事？该不会发生什么突发事故了吧？

我不断往更坏的地方想，渐渐心神不宁起来。作为隐忍而顺从的仆人，我唯有继续等待梨花主动联络。

终于到了梨花生日当天。

我战战兢兢地度过那一天，手机始终没响过。

下班回家的路上我突然意识到：今天，梨花一直在我的脑海里打转，我从没有那么重视过她。

起初，我一直沉浸于最坏的剧本，梨花现在怎么样了？为什么事而苦恼？又遭遇了什么变故？随后，我开始回忆并审视我们迄今为止的关系。我们有许许多多的回忆。我主动后退一步，望着梨花闪亮的背影，并对我扮演的这个角色甘之如饴。有羡慕，有不甘，但望着光彩夺目的梨花，我也由衷地为她鼓掌。

即便杳无音讯，我也没来由地坚信我们之间的友谊并没有结束。

像往常一样，我回到家，打开灯，眼前是翻过一页的小狗月历。肩上背着的皮包还没放下来，我望着月历出神，门铃突然响起，我的心脏猛地抽搐了一下。

对讲机的屏幕上显示着一张陌生的脸孔：“东小姐您好，我是纯花艺店的春日部，有您的花，请您签收一下。”

我打开门，一束粉色玫瑰出现在眼前。

“是纽约的夏川梨花小姐送的。”看我默不作声，花店女生笑着将花束递过来，“这是留言卡片，请您帮我签个字。”

我大吃一惊。

卡片是梨花亲笔写的。一个月前，也就是我生日那天，梨花订了这束花。三天后，她前往纽约工作。

致雅代：

突然收到这束花，你一定很吃惊吧（笑）。

不瞒你说，我们公司濒临倒闭，我不得不另外想办法……三天后，我要去纽约总公司上班。

今天，本来想跟你说实话来着。但每次在你面前，我总是习惯报喜不报忧。你是唯一一个能让我掏心掏肺的朋友，我知道无论什么事你都会包容我的。

我一直对你很依赖。但也许，我也成了你的负担吧。这是我的真心话，虽然从来没有对你说起过。

我也该独立了。希望我们一直都是好朋友。

还有，二十七年来，我一直不好意思对你说：祝你生日快乐！

我会安排花店，在一个月后我生日那天，将这束花送给你。希望到那时，我的工作和生活都已经上轨道了。

梨花

P. S. 顺带一提，我的手机号码没变，偶尔给我打个电话吧。

肩上的漆皮包滑了下来，我拿出手机，找到梨花的号码，纽约现在几点了？应该是早上吧？她的今天才刚刚开始。

开口第一句话说什么好呢？

生日快乐。我们都三十岁了。

梨花，从今往后，我们扯平了，我们脚下是同一条起跑线。

STORY 9

递信人 >>>

メッセンジャー

纯花艺店 春日部小姐：

我是田高。谢谢你一直帮我准备花束。

还是老规矩，帮我给Y市的“北村工作室”送一束花。

周六，一大早送去。这个月选哪种花比较好呢？

有什么推荐，请告诉我。

口信方面，还是一样，帮我说句“对不起”。

每个月最后一周的周四，我总会收到订单邮件，来自居住于C市的田高先生。我抬起头，视线离开电脑屏幕，对正在狭窄的店内卖力制作花束的亚美道：“亚美，明天有什么花进来？”

“大蓟花会到。还有风铃草。”

我站起身，从花店里间的办公室走出来。“太素的不行，是田高先生订的。”

“哦，又是那个‘对不起先生’喽，”亚美停下手上的活儿，望着我古灵精怪地说，“他已经道歉半年了吧，每个月的最后一个周六，一声‘对不起’加一束当季的花。要求是鲜艳亮丽、花团锦簇、夺人眼球，还要一大早送去。没错吧？”

“喂！”我正色道，“别这么说啦，人家也算是我们的老客户了。”

“话是没错。但如果我是那个收花的人，应该早就收烦了吧。一个月又一个月，一句对不起又一句对不起，为什么不自己亲口说啊。”

“就是因为客户有说不出口的话，我们的生意才做得下去啊。别说闲话了，快挑花！我要赶紧给他回邮件呢。”

“好吧，好吧，遵命！”

我们迅速讨论了田高先生的订单，决定以太阳菊为主，辅以尤加利叶等大片绿叶，凸显有生命力的色彩。亚美还画了一幅简单的草图。

“不错，就这样吧。”

我赶忙返回办公室写邮件。亚美探头道：“那，我准备去送货啦。”她提着置物筐，里头放着两个上午刚做好的小花束，是送给 M 区的齐藤，还有 S 区的畠山的。

“交给你了。保险起见，再念一次口信吧。”

亚美从置物筐里取出一个花束，递到我手上道：“这个是‘妈妈，祝你生日快乐，永远年轻美丽，凉子。’”接着她取出另一个花束递给我，“这个是‘辛苦了，聪美，这是给自己的奖励。你是最棒的，聪美。’”

亚美说着“你是最棒的”同时用手比了个“赞”，我不禁笑道：“好啦，亚美，你最棒了。”

“真的吗？那我出发啦。”说完，亚美转身步入初夏的明媚阳光中。

让花朵代替您传情达意。

当季花束配上温暖言语，随时为您送货上门。

一年前，我开办了个人网站，用这两句话作为广告语招徕生意。起初我并没有十足把握，不确定这种模式会不会成功，没想到网站访问量表现不俗，如今花店每天能接到大约十个订单，连我在内共有三名全职花艺师。

上门递送花束并不稀奇，但在我看来，送花是一件特殊的事，为了进一步营造特别的氛围，我想到了“口信服务”的点子。

父亲在社区里兢兢业业地经营花店，他去世后，留给我的只有这略显老旧的店铺兼住家，以及从信用合作社借来的营运资金。我想，一直这样不温不火地经营也不是办法，凭着一个灵感，我决定开始这项全新的业务。

花店通常的做法是在花束中插入写有信息的卡片，我们店当然也提供留言卡，不过“口信服务”是一项额外的可选服务，负责配送的递信人会在送花的同时，亲口转述客户的留言。

本店的花艺师亚美、绘里香都有过表演经验，而我读大学时也参加过话剧社团（虽然负责幕后）。转达口信时，如何做到既不过分夸张，又不至于太程式化呢？我不断摸索推敲，一路走到了今天。

与生日、结婚纪念日相关的订单特别多，多由男客户送给女性。我们负责转达那些平常不说的话，不用说，“我爱你”是出现频率最高的三个字，东方男性还是比较羞涩的。本店递信人均为女性，这也很符合消费者心理，无论送花还是收花，由素未谋面的陌生男子代为示爱，难免有些怪怪的。

“京子，我爱你，你是我的唯一。凉太。”

当我们用柔和的语调为客人传情达意，接过花束时，收花人十有八九会眼含热泪，甚至感动得紧紧抱住我们。也有人会默默收下花，不发一语。送花也好，收花也罢，每一次相遇都不尽相同。

另外，我们会尽可能详细地通过邮件，汇报收花人当时的反应，充分考虑客户的感受，避免发出“送货完毕”这类毫无人情味的机械反馈。收花人对花束、口信有何反应，这通常是客户们最想了解的。

是含着泪收下花？抑或低着头沉默不语？通过我们的汇报，客户的脑海中想必会浮现出送花的场景，或感到欣慰，或觉得茫然吧。

表白，慰问，祝福，道歉。

喜悦，感动，犹疑，芥蒂。

每次充当递信人，送上花束，转达口信，我都会对形形色色的人心生爱怜。

店里最早接到田高先生的订单，替他转达口信的人是我。

他的口信只有“对不起”三个字，送花人姓名等则一概不提。

除此以外，他还在邮件中表示，如果我们能替他低头致歉，他愿意额外支付费用。

我想，他也许犯了某些严重的错误吧，第一次送花，我挑选了最常见的玫瑰花束。

周六早晨，我乘坐列车前往Y市。送花人可以自行决定，是由我们事先电话联系收花人，或是直接上门送惊喜。田高先生选择送上惊喜。

收花地点在一幢小型公寓的二楼。面对开放式的走廊，一扇古旧的房门上挂着印有“北村工作室”字样的招牌。门上没有装门铃，我深吸一口气，郑重地敲了两下门。

“来了！”

房间传来爽朗的应门声。接着，毫无预警地，房门“砰”一声打开，猛地往我鼻子上撞。

“哎哟……好疼，不好意思，北村小姐，我是‘纯花艺店’的，我姓春日部，这里有您的花，麻烦签收。”我一边捂着鼻子，一边自我介绍。

为避免不必要的疑虑，照面后立刻说明来意是递信人的工作守则。

“哦？不好意思，撞到你啦？”

只见她顶着一头红褐色长卷发，身穿百褶吊带衫，搭配一条迷你裙，年龄大约四十岁，说话的声调很高，颇有装嫩的意味。

“没事，没关系的。”

“不好，你流鼻血了，等我一下，纸巾，纸巾呢……”她连忙回身跑进房间，很快拿着盒装面巾纸与消毒药水出来给我。

我苦笑道：“不必麻烦了……我是来送花的，还有一句口信要告诉您……”

“快点啦，擦一擦，又流出来了，还是进屋来吧。”

绝对不进屋，这同样是递信人的工作守则之一。

“不用了，不方便吧。”

我想尽快转达口信，但此情此景，根本不适合低头致歉，说出那句“对不起”……

“别说了，先进来吧，我正在吃早饭，你要吃吗？来杯冰咖啡怎么样？”

最后，我还是进了屋，鼻孔插着纸巾，手捧玫瑰花束，在一张小餐桌边坐下。

面对这无比尴尬的状况，我几乎要哭出来了。

“给，别客气，吃一块吐司，要奶酪吗？”北村小姐递来餐盘，满面含笑。

我低头致谢："麻烦您了……"

忽然，我意识到事已至此，恐怕无法完成送花人的托付。

"应该说我麻烦您才对，实在对不起。"说着她低头致意。

哎呀，我该怎么办……居然"被道歉"了。

"对了，你找我有什么事吗?"

距离敲门已经过去三十几分钟，我终于逮到机会站起身，双手递出花束，低头说出了那句"对不起"。

北村目瞪口呆，一时不知如何是好。

也难怪，周末一大早，如果有个鼻孔塞着纸巾的人一面送上玫瑰花束，一面大喊"对不起"，换作是我，恐怕早就报警了。

面对满脸错愕的北村，我只得打破服务守则，不顾送花人的意愿，主动说明来意："是……是这样的，有一位客人拜托我们，送这束花给您，还希望我们代为转达一句'对不起'。"

北村的表情出现若干细微的变化，有些疑惑，有些茫然，又仿佛有眼泪要夺眶而出。她愣了许久，终于接过花束，轻轻应了一声"哦"。

"这位订花的客人是……"我正欲挑明。

"我知道的，"北村制止了我，"不必说了。"

她的脸上挂着落寞的微笑。

结果，我不但吃了奶酪吐司、冰咖啡、煮鸡蛋和沙拉，还跟北村聊了许多她经手设计的婴儿服，临近中午才告辞离开。

自此以后，每个月的最后一个周六，我都会带着当季花束和一句“对不起”造访“北村工作室”。

北村小姐的反应逐渐改变。从最初错愕地问：“啊，怎么又来了?”变成难以置信，“没搞错吧?”她会面带难色地说：“怎么还在道歉啊?”后来又啼笑皆非地说：“不用再道歉啦。”每一次，我都会原原本本地向田高先生进行汇报。每次见我上门，北村都格外热情，拉我进屋陪她长聊一番，这部分我没有告诉田高。

当我给田高发送电子邮件后，收到的反馈只有“非常感谢”等寥寥数语。就这样，当月的订单就算圆满完成了。

北村为人开朗、热情，而且有些大大咧咧，人缘很好。我不禁展开想象，谁娶到她真是一种福气，不管为人妻还是为人母，她一定能把小家庭经营得既温暖又欢乐。她独自居住的房间摆满了蕾丝、装饰珠片等各色面料辅料，用于制作婴童服饰，一居室的狭小空间总能让人感到宾至如归。

久而久之，我竟然在她身上看到了母亲的影子。母亲在我很小的时候就去世了，我几乎记不起她的模样，只能模糊地想象她多半也是开朗、热情、大大咧咧的人吧。

我曾经想问问北村，家里还有哪些家庭成员，但我们从来没谈及这个话题。

有时候，北村会突然露出落寞的微笑，我当然也没有直接询问背后的缘由。

如今，田高先生的“对不起”订单累计到第十次。我像往常一样来到北村家，房门却没有打开。

我敲了敲隔壁的门，门上贴着一张厚卡纸，上面用粗笔写着“吉泽”字样，一位戴眼镜、留着卷发的年轻女生探出脑袋。

“不好意思，你好，请问隔壁的北村小姐……”

“哦，她上周搬家了，我不太清楚哎，应该是搬走了。”说完便二话不说关上了房门。

怎么会这样？

我感到异常失落，活像一个小学生突然得知好朋友转学了一样。抱着没能送出去的花束，我坐上了回程的列车。

该如何跟田高先生汇报呢？

我回到花店，心情低落地坐在电脑前，忽然发现邮箱里有几封新订单邮件。我一边叹气，一边逐一打开邮件，有一封题为《预约递信人北村》的订单，我愣了一下，赶忙点击鼠标。

纯花艺店 春日部小姐：

不好意思，我忽然搬家了。田高每个月送我的花束，以及“对不起”三个字，我决定不再接受。

他是我的前夫。我很爱他。我们两个人很喜欢孩子，还一起创办了婴童服饰品牌，准备给自己的小孩亲手做衣服。结果，这成了一个无法实现的梦想。能够跟他在一起，我已经非常幸福了。

但是，大概一年前，他对我说，他“马上要当爸爸”了。他另外有一个女朋友，那个女生怀孕了。我们就这样分了手。起初我很生气，以泪洗面，也曾经想过轻生，但小孩子毕竟是无辜的，后来我也就想通了。

在我开始独自居住后，很快就收到了花束和“对不起”的口信。起初我也吃不准他的用意，是对我余情未了，想要跟我重修旧好呢，还是单纯作秀，摆个姿态呢？老实说，每次收下花束，我心里难免会产生一丝期待。渐渐地，我开始害怕你上门送花的那个日子。

现在，我终于明白了。再这样下去，我恐怕一辈子都无法从他的阴影中走出来，无法实现独立，永远会被过去牵着鼻子走。如果想要真正独立，就要立刻行动。对了，此时此刻，他的小孩应该已经出生了。

作为我获得独立的纪念，请替我送一束花给他。

我来到一幢小型商厦一楼，“田高婴童服饰”的前台，拿起内线电话听筒，按下号码。

“田高总经理在吗？我预约了一点钟见面，我是‘纯花艺店’的春日部。”

“等你好久了，请上二楼来。”

我走进升降电梯，调整呼吸，手中捧着一小束黄色的向日葵。这束花象征着孩子天真无邪的笑容，在递出花束的同时，我要真心诚意地对他说：

别再说“对不起”。

人生路上，各自幸福。

STORY 10

美蕾美发 >>>

バーバーみらい

那盏灯火，是打哪儿来的呢？

在不太远，又不算近的地方，忽明忽暗着的亮光。

我时不时地透过工作间的窗户，用略微充血的眼睛眺望着那灯火。

我的住家兼工作间位于东京郊区 Y 镇一隅，去最近的地铁站要坐大约十五分钟的公交车，到公交站还要步行十分钟。公寓为木结构的两层建筑，坐落在一处高台之上，能够将关东平原尽收眼底。公寓附近能看到的唯有杂草丛生的田地、空无人烟的寺庙以及墓地，说是失意者聚居区也不为过。

那么，我为什么会住在这里呢？

原因在于我的工作性质。说实话，我自己也不确定目前在做的算不算“工作”，就姑且用“工作”来概括吧，毕竟除此以外并无其他收入来源，而我确实也靠这点钱活着。

我的工作是给《漫画爱好者》杂志投稿。

我居住在这间屋子里，起床就画，画完就睡，这样的生活已经持续了好几年。每隔三天，我会徒步十分钟去一趟便利店。另外，漫友们每年会举办数次漫友集市，我也会去参加。除了去市区参加这类集市活动，我几乎连地铁都很少坐。所以，就算公寓离车站再远，对我来说都不算缺点。

从事这份工作后，我很少跟人打交道。虽然也结交了不少漫友，但大家脾气性格相近，相互之间鲜少深入交往。参加漫展这样“重大”活动时，我们会打扮成动漫人物，以另一个虚拟人格示人，这样反而更有安全感。

我这个人，对绘画以外的事情缺乏耐性，也不怎么热衷于动漫角色变装。我只求能够一门心思地沉浸于自己的世界，并将那个世界在纸上重新构筑出来。最近很多漫友开始用电脑作画，我还是执着于纸和笔。我想，我的工作就是一笔一画地描绘深远浩瀚的宇宙空间吧。

“吉泽的风格就是硬派呢，太棒了，简直是我们的榜样。”

当我选择用真面目示人，以日常装扮出现在漫展集市现场时，有位漫友给予我这样的评价。

“不过，吉泽不变装也行啊，看起来很像‘小池’不是吗?”

另一位漫友如是说。“小池”指的是《小鬼Q太郎》[1]

---

① 《小鬼Q太郎》是藤子·F. 不二雄的著名漫画。——编者注

中的人物，一日三餐总是吃面。实际上，我的头发不仅天然卷还疏于打理，并且也以速食面为主食。

没错，我就是在墓地旁的公寓里奋笔作画，专画硬派科幻类漫画的女版小池。

这句对自身状况的总结相对客观，却也令人泄气。

可又有什么办法呢？我只能把日子过成现在这个样子。

高中毕业后，我来到东京，下定决心以新人之名发表漫画作品，就这样不断画着，不知不觉已经过去七年了。凭借《漫画爱好者》杂志的稿费收入，我的生活可以勉强维持。不仅被人称为“表率”，身边还聚集了一众所谓“粉丝”。

但我的漫画生涯似乎遭遇瓶颈，我的信念逐渐瓦解，心想大概最多也就到这儿了，今后的人生，恐怕再难发生什么翻天覆地的变化。

投注在稿纸上的视线，就这样时不时地转向窗外。

平淡无奇的夕阳，乏味的市郊风景，万里无云的天空，伴随着鸣叫声掠过的乌鸦。

忽明忽暗的灯火，长时间以来，在同一个地方闪烁着。我望着它，定一定神，随后回到稿纸前继续创作。

闪烁的光亮从何而来呢？

原来……那是一种自动发光装置，接收到了来自我的故土，那颗遥远星球发出的微弱电波。

是吗，你的故乡……超新星 ssγII，不是远在两千六百万光年之外吗？如此不起眼的小装置能接收得到电波吗？

“当光亮熄灭的时候……那个瞬间……我的故乡……也就跟着……湮灭了……”

这是我的漫画新作草图。来自每次发表都广受好评的《我的故乡》系列。这一系列已经接到好几家公司的出版邀约，我都婉言谢绝。我不想和中型出版社合作，只要不是一线出版社的主流漫画杂志，对我来说都毫无意义。

“累死了，休息一下吧。”

我自言自语着走到厨房，往杯面里倒入开水。回到书桌前，当我打开杯盖准备吃速食面时，窗外的风景瞬间不一样了。

灯火消失了。

凡间（我为高台之下的街区取的代号）的小巷深处，总是忽明忽灭的那盏灯熄灭了。刚才烧热水的时候，分明还在的啊。

故乡，湮灭的，瞬间。

刚才画下的草图浮现在我脑中。我二话不说撂下速食面，穿着拖鞋冲出家门。

在哪里呢？应该是便利店的另一边。每天望着灯火的我，踏入了那片从未到过的“凡间”。

我的故乡是被称为“雪国”的 Y 市，那个社区正在经历财政危机，几乎被国家正式宣告进入死亡倒计时。我的父母和妹妹还在老家兢兢业业地务农，前阵子，我收到他们寄来的五个蜜瓜，那是老家的特产。总之我们家的生活至少平稳康宁，不用我担心。

想到这里，我的心中无端纠结起来。

周围的街道看上去如此雷同，缺乏标志性的建筑物，我很快就迷路了。说起来，我原本就不清楚在发光的究竟是什么物体，光芒一旦消失，又要去哪里找呢？

忽然，在一排古旧民宅的转角处，有一束光亮了起来。

对，就是那道光。

我赶忙快步走过去，面对忽明忽灭的奇妙发光体的真相，心中难掩失落。

光亮来自一家古旧理发店的招牌，是常见的红、蓝、白三色持续旋转的灯筒。这家理发店的旋转彩柱保持静止，只是一闪一闪地发着光，明灭的频率还有些不一致。

这就是接收电波的装置吗？来自遥远的两千六百万光年之外的行星……

理发店大大的橱窗上有几个白色手写字——“美蕾美发”，我忽然注意到隔着窗户的一张脸孔，不禁备感错愕。

盯着我看的是一双凹陷的眼睛，属于一位白色短发，身穿白衣的阿姨——不，是老太太。

我不擅长与陌生人打交道，于是连忙转过脸，想要从理发店门口跑开。

“等一等，喂，刚才你在我们店门口笑什么呢？”

背后传来嚷嚷声。我如芒在背，转身望向她。

老太太站在路中央，也不知道她是不是有瞬间移动的特异功能，这么快就从理发店后方走了出来。

“不好意思……我在想自己的事，没笑什么。”我敷衍道，勉强表示一丝歉意。

“为什么要道歉呢？要是跟我们店无关，有什么好道歉的呢？”

哎呀，这老太太好难缠……

“来，过来一下。”老太太朝我招手，仿佛作势训斥顽皮的小孩。

我准备开溜。“不了，不必了，嗯……我还有事情要忙，再见。”

“没事的，你来嘛！我给你看样东西。”

噢？正当我感到困惑，老太太二话不说，再次“瞬间移动”到我身边，一把抓住我的手往理发店里拉。我张着嘴巴，就这样错愕地被拖进店内，丝毫不由得我反抗。

“坐吧。”老太太让我坐在一张能够用踏板调整高度的破旧美发椅上。

“不，不用了，我还有事呢……”即便我直接表示拒绝，还是被老太太按在椅子上。

她掏出剃刀，驾轻就熟地磨了起来，并在我脖子周围包上一条白色毛巾。“别急嘛，坐着别动。”

接着，我的脸颊被抹上泡沫，宛如待宰的羔羊般无法动弹，当剃刀缓缓靠近，我紧紧闭上了眼睛。

怎么回事，她在帮我，修面……吗？

刀刃清凉而平滑，来回穿梭于我的脸颊与额头。肥皂散发怡人的清香。老太太的手指在我脸上跃动着，充满韵律，没有一丝一毫多余的动作。

不知不觉，我如坠梦中，整个人犹如飘浮在半空之中。

啊……好舒服。到底有多久没让别人的手指触碰我的脸庞了呢？很久很久以前，枕着母亲的腿让她帮我掏耳朵，是从那之后吗？

“好了，可以了，看一下吧，小美女。”

椅背缓缓升起，面前的镜子里出现我的脸庞，如此清爽，如此白净，宛如刚刚睁开眼睛的小奶鹿。

“你脸上的胎毛太多啦，我看你在店外头往里瞧，一眼就注意到了，这也算是我的职业病吧。”老太太一边冲洗剃刀，一边笑着说道。

“很舒服，”我不自觉地低声道，“多少钱？”话音刚落，我突然意识到自己冲出门的时候没带钱包。

“不用了，”看我扭扭捏捏，老太太说，“说老实话，一开始还以为是我外孙女回来了呢，她也跟你一样，头发卷卷的，是个可爱的女孩子。”说完又笑了起来。

美蕾美发。老太太告诉我，她名叫“美蕾”，是已去世的老伴为理发店取的这个名字，店门口忽明忽灭的灯泡大概五年前就坏了，因为怕麻烦一直没换。

老太太说，如果店门口的旋转灯柱彻底坏了，她就急流勇退，宣布歇业退休。

美蕾老太太的笑容格外灿烂，仿佛在描述着充满希望的未来。

后来，几乎每天一大早，我都会探头张望，确认美蕾老太太的旋转灯柱是否还亮着。

那颗快要报废的灯泡，居然还能顽强地支撑下去。每天早晨，望着照常点亮、一明一暗的灯柱，我甚至心生鼓舞，还养成了几乎每天都要下一趟“凡间”的习惯。

美蕾老太太的“修面”功力充满艺术性，我被她的这门手艺所深深折服。后来就算她说“你脸上没有胎毛啦”，我还是每隔三天就去找美蕾老太太修面。

“你愿意让我帮你做个头发吗？”有一回，美蕾老太太问道。

我还没来得及回答，就被她三两下按到洗头台上。

“我头发超级硬，而且特别卷。”满头泡沫的我，闭着眼睛说。

“包在我身上。”

美蕾老太太的语调异常平和，我不禁放松下来，她的手指在发丝中穿梭，使我通体舒畅，不知不觉竟睡着了。

“好了，做完了。”

镜子里的我刘海剪短了，脑袋后面的发丝稍稍烫卷，看起来清清爽爽，完全焕然一新。

“怎么样，很适合你吧？”美蕾老太太说。

说起来有点像漫画中的剧情，美蕾老太太的女儿名叫阿京，外孙女叫佳子。美蕾老太太很爱聊当年的种种，而我对她的过去也很感兴趣。

她的女儿阿京离了婚，带着女儿佳子回到娘家，后来又因为再婚离开镇子，佳子则交给美蕾老太太照顾。

佳子擅长绘画，特别喜欢画漫画，从小就脾气犟，凡事从不示弱，也从来不哭。在美蕾老太太身边的那几年，佳子不太听话，直到某一天，她突然离家出走了。

佳子留下一句话，说要靠自己的画笔成为有名的漫画家，总有一天要让外婆的理发店扩大一百倍。

离开小镇，一转眼过了五年，佳子一次都没回来过。

“对了，你有没有在你说的那个漫展上，见过我家外孙女啊？”美蕾老太太问。

由于漫画圈中很少有人会署本名，“户村”这个姓无论在主流漫画杂志抑或《漫画爱好者》刊物上都没出现过。

“她很快就会回来看您啦，只要漫画发表出来，立刻就能成为百万富翁了呢。”明知是句空话，我还是好心安慰她说。

每次聊起佳子，美蕾老太太总是若有所思，忽而快乐，忽而落寞，有时还莫名伤感。

“好吧，广告灯彻底熄灭之前，佳子能回来看我就好了。那盏灯要是不亮了，我这一辈子也就走到头了。”美蕾老太太仿佛许了个愿，她摸了摸我的脑袋，“我早就想把这间店关掉了，那天，你来店门口的十分钟前，灯泡一度不亮了，你来了以后，不知道为什么又亮了。”她笑眯眯地看着我。

次日，我从工作间的窗口往“凡间”望去，闪烁的灯光消失了。

并不是那颗灯泡报废了，而是美蕾老太太提前拔掉了插头。

歇业关店那天，我来到“美蕾美发”，全天只有我一个客人。

我穿着早已过时的套装，母亲在我来东京时送我的那套。看到我这身打扮，美蕾老太太笑得眼睛眯成了一条缝。

剃刀和美蕾老太太的手指在我的皮肤上来来回回，我明知不能说话，还是忍不住说：“请问，我可以画您吗?”

“干吗要问我呢?”她的声音异常温柔。

“因为题目就叫《美蕾美发》啊，我想画理发店老板娘与立志成为漫画家的女孩的故事。”

美蕾老太太“扑哧”一声笑了：“这故事好像在哪

里听过。”

“没错。因为认识了女老板，女孩卸下心防，从自己筑就的壳里走了出来，走进五光十色的世界。后来，她……”说到这里，我极力控制声音，不让情绪失控，“后来她脱胎换骨，这都要感谢您。”

谢谢您。这几个字自然而然地从我口中吐出。

滴答。温热的水滴落在我的额头上，我闭着眼睛，任凭它滑过去。

《美蕾美发》。

今年夏天，这本漫画即将出版，我希望能第一时间送给美蕾老太太。

STORY 11

从这片土地开始 >>>

この地面から

所谓“生命的意义”，这个词我一辈子都没用过。

我当然知道字面的意思，但究竟该在什么场合，如何使用这几个字，却一点儿头绪都没有。

然而，偏偏有这么一个人跑到我的“手机博客”写下了这几个字。

你好 KAKO，打扰了，我是 KUZU。请问对你来说，生命的意义是什么呢?

为了打发无聊的日常生活，我开通了兼具日记、留言板功能的“手机博客”，并每天写下一句话发表出来。通常，几乎不会有人给我留言，偶尔也会有些跳转于大小博客站点的网友像迷路一样点进来浏览。

每当收到留言，我会立刻条件反射似的化为发现猎物的枪手。当然，绝不能贸然开枪，要故作轻松，缓缓地、悄悄地接近对方才行。

KUZU你好，我是KAKO。非常高兴认识你。

生命的意义？这个问题有点大啊。对我来说，漫画应该算吧。不过手机也很重要呀。你喜欢哪部漫画呢？有什么推荐的吗？顺带一提，我不是漫画读者，而是漫画作者哦。

只要发现自己的博客有新的留言，我都会在二十秒内做出回复。这是我的行事准则。这些网友极其我行我素，如果我不迅速回复，他们转眼便会溜走。

为了不让这位名叫“KUZU”的网友离开我的博客，针对“生命的意义”这一突兀的提问，我在二十秒内回了他一长串文字。

哦，你会画漫画啊？有一技之长真好。但生命的意义，跟特长不是一回事吧，你有没有给漫画奖什么的投稿呢？加油！

冷冰冰的回复。这些话虽无恶意，但能感觉到他对我刚才的回复并无多少兴趣。我感到一阵焦虑，加快了打字的速度。

画漫画是我的兴趣啦，还远远谈不上生命的意义（苦笑），我也参与过漫画评奖，但都落选了，现实可是很残酷的。生命的意义大概只有手机了吧！对你来说，生命的意义又是什么呢？

发出这条回复后，对方再无回复。

我又回到了孤身一人的状态，靠着墙壁，望着一潭死水般的手机屏幕。

深夜，公寓大楼的某个房间，深夜档电视节目中搞笑艺人在插科打诨，广播电台播放着决明子乐队的歌曲。我害怕无声的空间，只要在房间里，我会整晚开着电视机和收音机。

睡意排山倒海而来。可是，我的身体却清醒着，怎么也睡不着。我的手紧紧握着手机，双眼在小屏幕上不断游移。

天很快就要亮了。再过一会儿，我就会被带到另一个地方，那个回荡着机器轰鸣的、毫无生命气息的、封闭幽禁的地方。

我生命的意义。

这恐怕是我有生以来头一回使用这个词，哪怕是在手机博客这个空间里。从前，漫画应该是我生命的意义，可如今，我早已跟所谓“生命的意义”渐行渐远了。

我在静冈县N市某汽车组装厂工作，这家工厂承接大型汽车品牌的订单，业务主要是将接近成品的汽车零部件进行组装，并负责最后的检测。

我只是个短期合同工，三个月前被派驻到这家工厂，负责对汽车喷涂状况进行检查。我面对的是一块又一块的引擎盖，它们之前经历过什么，之后又将会面对什么，我统统一无所知，也没有了解的必要。

我聚精会神地盯着闪闪发亮的汽车引擎盖，从一个端点到另一个端点，仔细检查是否存在划痕，是否有喷涂不匀的状况，或是否有小气泡。在长达数十秒的时间中，我的视线完全被一块引擎盖占据。千万不要小瞧这份工作，一个不小心，错放任何细微的划痕或不均匀，都会立刻面临扣薪甚至解雇的处分。

从上午八点到傍晚六点，我的眼睛始终盯着引擎盖，中午只有一小时可以休息。遇到晚班，则从晚上十点一直盯到早晨六点。我的双眼时常感到干涩充血，肩膀酸胀，头也疼得很。但除了盯着引擎盖看，我别无选择，我的视线总是聚焦在细微的地方，整个人仿佛沦为一只蚂蚁。

与此时此刻的我相比，一块汽车引擎盖都是那么尊贵、那么有价值的东西。

起初，这份工作让我无力招架，我甚至把引擎盖拟人化，试图在脑海里跟它聊天。

我是一扇通往理想世界的门，来吧，鼓起勇气，跨出一步试试吧。

引擎盖如是说。当然，完全是我异想天开的自言自语。

有一回，仿佛是受到“引擎盖大人”话语的吸引，我上半身前倾，额头重重地撞在引擎盖上。没想到，流水线立刻停了下来，组长飞奔到我面前，对我大发雷霆，当天的工资全被扣掉了。哪怕一分钟的停顿，都会对整体业绩产生影响。

我一个月大约可以领到十七万日元的工资。减去公寓租金、电费、税费、工作服的清洗费等，最后到手的只有不足八万日元。如果再扣掉手机通信费和餐费等，可以说更所剩无几了。

多年前，刚刚搬到东京市区开始独自居住，我曾经下定决心：努力打工存点钱，把心爱的漫画肯特纸、画笔、网点纸都买下来。

总有一天，我要成为漫画家，存很多很多的钱，然后回到老家，把外婆经营的理发店改建得漂漂亮亮的，在那儿给自己准备一间工作室。我可以跟外婆两个人相依为命，过着悠闲自在的生活。

这曾是我的美好设想。

可是不消半年，我就领教了现实的残酷。我使出浑身解数画出的作品，在漫画奖征稿中石沉大海，我不仅没胆量去出版社毛遂自荐，漫画爱好者自发出版的刊物对我的作品也毫无兴趣。这令我不知如何是好。

如此下去，我的生活将无以为继。

于是，我去劳务外包公司报了名。很快，我的生活发生巨大变化，长期流转于全日本大大小小的工厂之间。

这种短期合同工长则半年，短则三个月。我逐渐觉得，只要有工作可干、有地方可住就不错了。

合同工们多半有着类似的境遇，但大家都知道干不了多久，私下很少交谈。每个人都目光黯淡，休息时间各自捧着手机目不转睛，用手指快速点按着屏幕。更衣室、食堂、休息区，走到哪里都如死水深潭一般。

回到家，因为受不了一点声音都没有，我会第一时间打开电视和收音机。总之，我需要热闹欢快的氛围。

生命的意义啊……

被素昧平生的人将了一军，面对这宏大的问题，我有些茫然失措。

而且，那位网友问完问题之后，不知道是不是我哪句话说错了，他迅速离开了手机博客。但在网络世界里，这种情况早已司空见惯了吧。

网络世界里的人大抵如此，他们习惯于单方面的诉说，但凡有一丝一毫不称心，便会立刻扭头走开，拒绝继续沟通。

这样的人在现实生活中，没有任何实际的能力，也丝毫不会成长。而网络世界，说到底不过是虚拟的世界罢了。

生活在网络世界的人，包括我在内，根本没有勇气与素不相识的、活生生的人交流。

我生命的意义。

在精心喷涂的引擎盖上，寻获比芝麻还小的气

泡，这蚂蚁般的人生。（笑）

躺在被窝里，我在手机博客中留下这么一句话。不用说，连一条评论都没有。

休息日，我难得出了一趟门。我的班表是做五休一，如此循环往复。每逢休息日，我通常一整天窝在房间里，开着电视和收音机，摆弄手机度日。

公司为我租借的公寓位于郊外，附近最热闹的地方是一家大型购物中心，骑自行车大约十五分钟。那里开设有精品店、书店、游艺店等，还有电影院。这一天，我骑自行车出门，前往这个所谓的“休闲好去处”。

近来，我已经不买漫画杂志，并且尽量不让它们出现在我的视野之内。漫画杂志是这个世界上最为光彩夺目的东西，也是我再怎么努力都无法企及的。每每想到这里，我都会被无以复加的挫折感压得喘不过气。

这一天，我打破往日禁忌，走进了购物中心书店内的漫画区。昨天晚上，我不经意地用手机在搜索网站上输入了外婆的理发店“美蕾美发”，没想到发现了一条博客留言。

最近A出版社出的漫画《美蕾美发》很好看呢。

除了留言，还有好几个关于《美蕾美发》的主题页面。其中，我看到一个网名“KUZU”的留言，就是在我手机博客中留言的那位。

在我被压得喘不过气，苦于寻找生命意义之时，《美蕾美发》这本漫画给了我一丝安慰。

安慰？我被这两个字吸引，进入留言板写下回复。

KUZU你好，还记得我吗？我是KAKO。（前阵子你在我的手机博客里问“生命的意义是什么”对吗？）《美蕾美发》这么好看吗？

结果，“KUZU”并没有回复这则留言。我安慰自己，也许不是同一个人。

今天，我鼓起勇气前往书店，想要一探漫画《美蕾美发》的究竟。

我走进漫画区，心脏的跳动越发剧烈。站在陈列漫画的书架前，我甚至感到呼吸困难。我的双眼扫过一个个书名，可悲的是，现在我已具备了瞬间找出任何微小事物的能力。

无论我怎么找，都找不到《美蕾美发》这本漫画。我走到柜台咨询，得到的回复是：“目前卖完了，要帮您调货吗？”

我摇了摇头，径自离开购物中心。不知怎的，一股强烈的挫折感包围着我。

也许纯属偶然吧。又或者，漫画的作者只是从我老家的那个街角路过，途经外婆的理发店，借店名来做题目。有什么大惊小怪的呢？

回家途中，我不断安慰着自己，去便利店买完盒饭后，我不想马上回家，闲逛到附近的公园，在长椅上坐下来。

孩子们在地面上涂鸦，我远远望着，打开盒饭。小时候我也曾像他们这样，在地上肆意涂鸦。外婆陪着我，还一个劲地夸我画得好。

“哇，佳子真棒，外婆从来没见过画画这么厉害的小朋友。”

听到外婆的夸奖，我立刻飘飘然起来。

“外婆，等我长大了要当漫画家，我要让外婆的店长高长大。”

外婆笑着点点头。那时候的我一门心思地在地面上画着漫画，直到太阳下山。周围的孩子们纷纷聚集过来，围着我和外婆。

“后面怎么样了呢？”

有个声音从头顶飘过来。我惊讶地抬起头。

一位年轻女性站在我跟前，怀里抱着个小女孩。

我不解地问：“什么……怎么样了？”

“漫画呀，这应该是漫画最开始的一格吧？”

我朝脚下望了一眼，原来，不知怎的，我竟然用一次性筷子在地上画了一幅画，画面中出现一只拟人化的蚂蚁，旁边配上一行字："未来从这片土地开始。"我不禁揉了揉自己的眼睛。

奇怪？这是我画的吗？

"这只蚂蚁，后来怎么样了呢？"年轻母亲问道，带点关西口音。

我赶忙解释："没有，没什么后来。"

"是吗？有点好奇后面的故事呢。"她笑道。

我分明听到心脏怦怦跳动的声音。

"光冈太太，公交车来了哦！"公园另一边传来呼喊声。

"不好意思，打扰了，再见啦。"她朝我点头致意，转过身快步走开了。

我望着她离去的背影出神，随后再次看向脚边，目不转睛，仿佛跌入了自己描绘的漫画空间。

我是一扇通往理想世界的门，来吧，鼓起勇气，跨出一步试试吧。

地面对我说。当然这是我异想天开的自言自语。

我用运动鞋在地面上来回摩擦，蚂蚁和旁边的文字瞬间消失在沙土之中。

蚂蚁，怎么可能有未来呢？

在一阵强烈的自嘲中，我掏出手机，发现博客出现一条留言，来自名为"拉面小池"的网友。

佳子你好，谢谢你来我的博客留言（给 KUZU 写回复的是你吧）。

《美蕾美发》讲的是一个闭门不出的女孩子，遇上一位经营破旧理发店的老太太，最终找到生命意义的故事。请读读看，然后给家里打个电话吧，问候一下你的外婆。

你是谁？我立即发出回复，但“小池”再也没来博客留言。

两周后。

我坐在公交站的长椅上，准备搭乘返回老家的长途汽车。上车前，我忽然有个念头，掏出手机，把它留在了长椅上。

透过车窗，我望着逐渐远去的长椅。

长椅上的东西凭借某种强大的力量支配着我，甚至一度被我当成生命的意义。

手机变得如芝麻般渺小，终于从我的视野中完全消失了。

STORY 12

魔法师的眼泪 >>>

魔法使いの涙

住处附近的公园，树荫下有张长椅，我坐在那里胡思乱想。

我为什么会身在此处呢？

真没劲。如果还在大阪，跟妈妈、姐姐、朋友们在一起，永远都有说不完的话。

我望着今年春天刚满三岁的女儿聪美，她迈着稚嫩的步伐，左摇右晃，时而蹲下身子捡小石子来扔。

即便有我在场，这孩子有时候也会特别不听话，不但会扔小石子，还会用力朝我丢过来，我说疼，她反而觉得高兴，然后扔得更起劲。或许她明白自己无论做什么，身为母亲的我总会原谅她的。

对我淘气也就算了，她对其他同年龄的孩子一样非常调皮。

有一回，她跟附近的孩子一起在公园玩耍，忽然抓住对方的头发，导致那孩子仰面摔了下去。那孩子自然放声大哭，我只得立刻给对方赔不是。孩子妈妈嘴上说"没关系"，但脸上分明余怒未消。

就在那段时间前后，我开始有种被排挤的感觉，整个妈妈社群正离我越来越远。

聪美还在襁褓中的时候，我曾经抱着她，坐公交车去跟其他妈妈聚会。我想多交些朋友，拥有社交生活，能够被新环境接纳。我不希望我们母女被人群抛弃，那太可怕了。

我老公因为工作调动来到静冈县 N 市。我是土生土长的大阪人，从出生到结婚从未踏出家乡一步，这个工作调动的消息简直是晴天霹雳。当时我怀孕四个月，本想留在娘家待产，但老公表示反对。他承诺女儿出生后会尽可能帮我分担家务，我勉为其难答应了，随他来到这座城市。

对我来说这是一座空城，父亲、母亲、姐姐、同事，任何信得过的人都不在身边。

为了融入社区，我可谓绞尽脑汁。我会与每一位新认识的年轻妈妈交换手机号码，没话找话地频频给对方发消息。我也加入了社交媒体上的育儿群聊，积极跟大家交换育儿资讯。聪美开始去公园玩耍以后，我对她的衣装也倍加留心，既不穿得太高调，也不过分朴素，极力避免名牌精品，还要巧妙而低调地加入一些时下流行的设计元素。有时，我还会在小盒子里装几块亲手做的曲奇饼干，用手帕包裹着，并在保温瓶里泡好红茶，再带上三个以上的塑料杯，大包小包地前往公园。

我不想被其他妈妈疏远，更害怕我和聪美在这座城市遭到孤立。

偏偏事与愿违。

“皮大王!”

耳边传来孩子的声音，两个四五岁的女孩子，是经常来公园玩的麻美和晴香。

只见麻美笑嘻嘻地说：“我妈妈告诉我啊，聪美你一直不听妈妈的话，所以是皮大王。”

我愣了一下。

“对啊，调皮的小朋友就是皮大王!”晴香的语调天真无邪。

我的脸上堆出笑容，表情僵硬。

“麻美！晴香！快来，公交车来了哦!”麻美妈妈站在不远处喊道。

我应声抬起头，站了起来。

两个女孩子飞奔着跑开了，我心里不是滋味，孤零零地站在原地。

聪美捡起小石子，扔出去再捡回来，再扔再捡，好像永远不会厌烦似的。

“我想回娘家一段时间。”趁老公放下筷子的空当，我一边叹气一边说道。

老公每天晚上十一点左右回家。今年春天，他晋升为管理层，加班费被取消了。责任与工作量陡然增加，收入反倒减少了。老公通常回家吃饭，坐在餐桌前永远一脸疲惫，望着他这副样子，我一句抱怨都说不出口。可是这一天，我忍不住脱口而出，也许是白天公园里的那一幕，在我的心头蒙上了一层挥之不去的迷雾。

老公翻阅着晚报，语气明显有些不耐烦："又怎么了？闹什么别扭啊？"

我没想到他会是这种反应，赶忙掩饰道："没有啊……我哪有闹别扭？"

"你不是说这里很没劲吗？我每天下班又晚，休息日又总是睡大觉，你跟着我跑来这种乡下地方，没处去玩，没朋友，所以想回大阪去，是这样没错吧？"

他全说中了。我低着头，心中满不是滋味。

他什么都知道，却始终对我的处境袖手旁观。

我跟他讲述聪美的顽劣时，他咬定是"短期的、暂时的"，不愿与我商量进一步的对策。由于聪美的调皮，我受到其他妈妈排挤，对此他更是无动于衷。

"我又不是不回来，最多一个礼拜，我想问问我妈妈，学学带小孩的方法。"

"可是，你回去了，这一个礼拜谁给我做饭啊？"

我低着头，无言以对。

我又不是你的仆人或厨子。

我咽下激烈的言辞，将空碗筷收掉，逃也似的走进厨房。

"皮大王"事件发生后，一周左右的时间我都没去公园。或许是运动量不足吧，聪美总是缠着我，想出门去玩。我拗不过她，只得带她去公园，心中祈祷着千万不要遇到那两对母女。

上午的公园看不到孩子们的身影，我悬着的心这才稍稍放下。

在长椅上呆呆地坐了一会儿，我忽然看见聪美在踩地上的蚂蚁，便跳了起来一把拉过她："别踩了！"聪美顺势仰面倒地，摔成了一个"大"字，扯着嗓子痛哭起来。

"哭什么啊，是你自己不好，干吗去踩小蚂蚁啊？"

我把她抱在怀里，她还不解气，用小拳头不断捶打我的脸颊和肩膀。

"快停手，聪美，妈妈很疼，弄疼妈妈了！"

我一面劝说，一面也跟着哭了起来，我用尽力气试图控制顽劣的女儿，可自己哭泣的呜咽声越来越控制不住。

我真是太愚蠢了。

明明是个大人，却哭得像个孩子。我索性蹲在地上，母女两人同声同气，一起放声大哭。

"发生什么事啦？这位妈妈，你们怎么哭了？"

头顶传来一个温和的声音。我大吃一惊，连忙用手背擦去泪水，抱着聪美站起身子，眼前是一位身穿工作服的年迈长者。

"嗯，没什么，我们没事，我看到女儿哭了，自己也被招哭了。"

我一面找借口，眼泪依旧还在夺眶而出。在素不相识的人面前，我的形象是多么丢脸啊。我无地自容，泪水怎么也止不住。

他对聪美说："让爷爷给你讲个故事吧，一个魔法师的故事，把你的眼泪变没。"

长者往长椅走去，一条腿看上去有些不便，他坐下后连连向我们招手。此时我终于冷静下来，上下打量了他一番。

他身穿半新不旧的工作服，口袋里插着脏脏的工厂手套，长椅旁还放着一个皱巴巴的手提袋，边上还摆着大垃圾袋和竹扫帚。看起来应该是公园的清洁人员，年龄约莫七十岁，文化程度并不低。

转念一想，现在的社会治安并不好，我没敢卸下防备之心。

长者从口袋里取出叠成四折的纸，展开后，朗声读道："公园里的秋千在风中摇摆。小朋友，这是为什么呢？其实啊，并不是因为风，让我来告诉你吧，有一个像空气一样透明的魔法师站在秋千上呢，她的名字叫'小秋'。"

聪美不再哭泣。我想说些什么，可还没出口，竟全然忘了。

就这样，我和聪美邂逅了这位"公园的魔法师"。

上午十点半，我打扫完房间，洗好衣服，做了午餐，一切处理妥当后准备出门。我戴上心爱的帽子，也给聪美戴了帽子，聪美心情大好，欢呼雀跃着，奶声奶气地问：“我们要去见魔法师爷爷吗？”

“是啊，去找爷爷继续听故事吧。”说完，我牵着聪美，迈着轻快的步子走向公园。

在公园邂逅那位奇怪长者后，我并没有询问该如何称呼他，聪美却主动管他叫“魔法师爷爷”，长者也欣然接受了。

长者负责清洁公园，大概十一点忙完手头的工作，我们算准时间出门。

我和聪美坐在长椅上，听长者继续讲故事。他的故事在我听来同样很有趣。魔法师秋子和千子居住在公园里，故事从偏僻的小镇开始，随着故事的推进，舞台逐渐扩展。总是欺负人的“皮皮”和被欺负的“乖乖”在魔法师的帮助下成了好朋友，两个人合力与附在人类身上的恶魔“不高兴”作战。清洁公园的爷爷作为参谋登场（实际上他是魔法王国的国王）。听故事的过程中，我们与魔法师一道经历欢笑、泪水，时而感到气愤，时而天马行空地想象。我第一次意识到，童话故事可以这么引人入胜。

虽然我不确定聪美能听懂多少，但明显看得出她特别投入，令人惊讶的是，听故事的过程中她从不捣乱，她的心仿佛一直跟魔法师、皮皮、乖乖、爷爷在一起。

长者坐在公园长椅上等我们，他的侧脸在阳光的照射下分外柔和。

我与聪美异口同声地跟他打招呼："您好，魔法师爷爷。"

他缓缓露出灿烂的笑容："嘿，聪美小朋友，等你好久啦。"

我从保温瓶中倒出奶茶。"啊，真好喝，好像被施了魔法一样好喝。"长者不紧不慢地喝了一杯，随后继续讲故事。

讲完故事，长者会转而跟我聊天，边喝奶茶边聊天气、庭院里的花坛，还有聪美的成长。聪美这时则坐在他身旁，或是爬到他腿上撒娇。他很会带孩子，育儿经验想必很丰富。我注意到，他从来不谈自己的事。

"光冈妈妈，最近，你跟公园的清洁工大叔很好啊。"有一次，我在公交车上巧遇麻美妈妈，她来了这么一句。

"嗯，"我没有否认，点头道，"我们关系挺好的，那位老爷爷人很不错。"

在公交车上，我听到麻美妈妈与晴香妈妈窃窃私语，说我的行为举止很怪异。可我丝毫不以为意。

我唯一担心的是，故事总有完结的一天。

聪美，不，连我都觉得如此有趣的故事，是不是很快就要结束了呢？最后，当魔法被破解，聪美重新变回那个顽劣的小女孩，而我们可能再也不会遇到那位魔法师爷爷。

这该如何是好呢？

故事应该临近尾声了。我按捺住对结局的好奇心，说出了真心话："真不希望故事结束啊。"

长者一脸诧异："为什么呢？"

我望着聪美道："现在，因为有故事听，这孩子还算乖，您别看她是个女孩子，可淘气起来真拿她没办法……"

此刻，我终于坦白说出那天大哭的原因。

他默默听完，轻轻抚摸着聪美的后背。"任何故事都会结束。因为，故事也是有生命的啊。"

我目不转睛地望着他。

长者的目光温暖而慈祥。"有生命的东西，都会迎来终点，这正是生命的美好之处。希望你可以把这个道理耐心地教给聪美。"

一瞬间，我感觉跟他之间隔着十万八千里，既落寞又悲伤。聪美则用清澈的双眸望着他。

"对了，我还没有告诉你，故事的作者是谁吧？"

我一直以为，故事出自长者的手笔。

只见他从口袋里掏出一张新闻剪报，递到我手里。报纸上印着十二年前的日期。

国际儿童文学奖得主木内环（18岁）

旁边配了一张少女的照片，捧着花束、笑容灿烂。我低声说道："她是……"

"她是我孙女。现在，她在医院里写这个故事，是专门为你和聪美写的。"

长者告诉我，他孙女十八岁摘得大奖，后来竟身患重病，现在三十岁了，中间这些年一部作品都没写过。

现在，她每天都在写故事，写完就用传真发过来，宛如延续着一个生命。

“自己写的故事有人喜欢，这已经变成了我孙女的支柱。”长者低声向我们道谢，还用布满皱纹的手指按了按眼角。

此时此刻，再高明的魔法师都无法令这串泪珠消失。

半年后。

故事还在延续。长者说，多亏了聪美写给作者的那封信。当然，信是由我代笔的。

魔法师姐姐：

你好。

请你写更多更多的故事。每天，我都想听你讲故事。希望故事永远不要结束。

聪美

STORY 13

无名的星座 >>>

名もない星座

清晨从睡梦中醒来，眼前是略微泛黄的白色天花板。

天花板上有几处斑驳的痕迹，零零星星，分布着几个很容易被忽略的淡褐色斑点。

我不知道从何时起，为什么出现了这些斑点。在这张床上醒来的第一个早晨，它们就在那儿。一、二、三、四……共有七个斑点。

这煞风景的房间，煞风景的景象。由于太过无聊，我把那些斑点视为星座，并命名为“TM312”。“T”是我名字的首字母，“M”代表这家医院，而“312”是我所在的病房编号。

真是煞风景的星座啊。

天鹅座、射手座、北斗星……星座的名称总是充满浪漫气息。可是在这煞风景的房间，美好的名字无疑是一种浪费。

无法抬头眺望真正的星座，这样的日子我已经过了十二年。

在来这里之前，我也很少有机会在夜空中领略星座的奥秘。

我曾经是个非常平凡的十八岁女孩。父亲是上班族，母亲是家庭主妇，哥哥年长我好几岁，一家人过着极为平凡的生活。我在小城市念女中，爱好阅读，擅长写作文。

我曾在书店兼职，对店长（二十多岁、已婚）怀有懵懂的情愫，纯粹是无害的单相思。

为了抵抗花季的忧愁，我写了大量日记、诗歌、童话故事，这是我排遣情思的唯一方式。

其中，有一篇关于一个小女孩的短篇童话被爷爷看见了。我跟爷爷一直很亲近，我想，可能是因为老人家的状态跟小孩子比较接近吧。

爷爷津津有味地读完这则童话，说要借去用一用，后来这成了一连串奇迹的开始。

爷爷把童话整理出来，拿去参加国际儿童文学奖征文。我事先完全不知情。

后来，我的作品不可思议地获得了征文比赛的大奖。

我的生活发生了翻天覆地的变化，我获得大家的祝福，还因为高中生的身份而广受关注，接受了各大媒体采访。得奖的童话被改编成绘本，在日本、美国、法国等地出版，版税相继汇入。我仿佛突然被抛入了一个绚烂的、光芒四射的世界。我感到喜悦、疑惑，也有些害怕。这份幸运能够持续多久呢？前方会不会有看不见的陷阱呢？

得奖后仅仅七个月，陷阱果然出现了。

我在曾经打工的书店召开首次签售会，当地报纸、电视台记者到场采访，活动参加者包括中小学生、高中生读者，以及那位我心仪的店长，我感到万分荣耀。

在跟每位参与者握手的过程中，我的手感到异常疲惫，渐渐使不出力道，无法回应大家诚恳而有力的握手。

“连握手都不会吗？好奇怪哦！”年龄相仿的女孩子在一旁窃窃私语。

大约跟五十个人握完手，在最后一双手抽离的瞬间，我当场倒地，被直接送往医院。

肌肉萎缩症，我远远地听见医生对家人说出病症的名称。

经过多次住院治疗，我的病情一直没有好转，五年前，我彻底无法行走了。这次住院原本打算进行治疗和复健，预计很快出院，却一直住到现在，这个房间、这张床成为我世界的全部。

我一直躺在这张床上，无聊得把天花板上的斑点看作幻想中的星座。

半夜，我被隔壁床吵醒了。

相邻的病床住着一位中年女性，姓户塚，她的呼吸声很重，还伴随着咳痰的声音，听起来颇为痛苦。

“江口小姐，怎么啦?”病房的门被悄声推开，护士压低声音问道。

按铃的是躺在中年女性另一侧的江口，二十二岁的职场白领，因为盲肠炎手术住院。

“户塚太太好像很难受……”

昨天夜里，还有前天夜里，江口都按了护士铃。我早就习以为常了，可能江口怎么都睡不着，替户塚叫了护士吧。

“哦，那个啊，没事的，很快就好了。”护士轻描淡写地说。

“我觉得有点不对劲，不好意思麻烦你了。”

“没事的，忍一下吧。”

我侧耳倾听她们的对话，户塚在一旁继续发出沉重的呼吸声。我想翻身却动弹不得，一边陪床的母亲醒过来，问我要不要翻身，我勉强挤出一声“嗯”。

母亲将双臂伸过来，我如同一条僵直的毛毛虫，在母亲的帮助下调整了睡姿。

贴身陪护着我的母亲瘦了十公斤，她的手臂看起来皮包骨一样，仿佛轻轻一碰就会折断，但抱我的时候却格外有力。

妈妈，对不起。我太重了吧。你一定很辛苦吧。

我默默在心中双手合十，每一天，我都在无声地重复着相同的歉意。

“不好意思，请问……你们在写什么啊？”

白天，病床周围的帘子全部拉开，我和母亲正在进行“合力创作”，江口试探着跟我们搭话。

“哦，这个啊，我女儿负责讲，我帮她记录下来。”母亲笑着回答，还把手里的笔记本向江口展示了一下。

“哇，”江口似乎很感兴趣，“我听你们每天都在讲故事，魔法师啊，秋千啊……还有皮皮和乖乖什么的。”

我下意识地回答：“不好意思，献丑了。”由于声音气若游丝，喉咙肌肉使不上力，我通常极力避免与母亲、护士以外的人说话。

江口四天前住进来，我对这位大大咧咧的年轻女性颇有好感。

入院当天，她的态度异常客气，待人接物的成熟超出了她的实际年龄，还特意过来打招呼，要我们“多多关照”。

接着，她向母亲询问了我的病情，口吻态度相当自然。通常见到我这样的重症患者，人们会有所顾忌，避免直接触及病情。江口的反应对我来说颇为新鲜，她不仅毫不讳言地说“这病好严重啊”，还用略带羡慕的神情表示：“你们两母女一定很亲吧，真好。”

早晨，江口自己叠好被子，将病床周围的帘子统统拉开，床头柜摆着花朵图案的水杯，是芬兰品牌“玛莉美歌”标志性的纹样。相比其他短期住院的病人，她身边并没有标题耸动、视觉冲击力强烈的杂志，只在枕边放着两本便于携带的文库本图书，显得格外清爽干练。

晚上她之所以会按护士铃，也是出于对户塚太太的关心，护士走后，她还会轻轻地帮户塚太太拍背。

我对江口印象很不错，没想到她会主动过来跟我们攀谈。

“她喜欢写童话故事，以前还出过一本书。”

主动跨出第一步的江口打开了母亲的话匣子，她拿出我的得奖作品，这本书母亲从来不离身，递给江口后还解释说：“有一对母女很爱听我女儿写的故事。”我负责讲，母亲记录下来，每天用传真机发给爷爷。江口捧着那本封面略微泛黄的小书，饶有兴趣地听母亲讲完，转过脸问我：“我能拜读一下吗？”

我微微点了点头。

江口轻轻翻动书页，起初动作很轻柔，中间逐渐加速，看得出她被带进故事里去了。曾经的我也是如此，二十岁前后，用逐渐衰弱的身体，尽可能去更深、更远、更高的童话世界旅行。

一口气读完最后一页，江口终于抬起头：“太好了，麻里子最后能跟妈妈在一起。”

说完，她笑了笑，眼眶中噙满泪水。

我的第一本也是最后一本被集结成书的童话，题目是《麻里子的星座》。

小女孩麻里子深爱的母亲患病后，半人马与天鹅来到她们身边，想要把母亲带上天国，麻里子不肯。半人马说："与其在人间受苦，不如变成星座，这样母亲会更幸福，还能超越时空限制，被地上的人们仰望。"

麻里子想起为她炸可乐饼的母亲，想起记账时眉头深锁的母亲，想起在蓝天下晒衣服的母亲，神情是那么怡然自得。

麻里子不愿母亲变成星座，她要永远跟母亲在一起，在地面上眺望天空中的星座。

半人马告诉麻里子，所有地球上的生物，生命都是有限的，总有一天，不仅麻里子的母亲、父亲和麻里子自己，就连小狗奇奇都会变成天上的星座。正因为这一天总会来到，才更要珍惜现在的分分秒秒，要感谢母亲的可乐饼、账簿、洗得干干净净的衣服。

天鹅拍拍翅膀，半人马挥了挥手，结伴回天上去了。麻里子和母亲留在人间，两只手紧紧握在一起。

"真好，这个故事太美了。"

后来，真美（江口小姐的名字）反复读了好几遍这个故事，而且每天都来我床边，跟我们母女聊天。我发声困难，只能动动嘴形，由母亲帮忙翻译。

母亲回家休息后，真美会坐在床边陪我，东拉西扯地跟我聊天，讲述她对由母亲代笔的那篇童话故事的感想、最近读了什么书，以及她个人的经历。

"我从老家出来，在现在的公司上班，也不太有机会跟我妈联络。但这次我住院，她大老远跑来了……真是，世上只有妈妈好。”

我微微点了点头，真美的笑容那样幸福。

“我有个姐姐，结婚了，住在北海道……我跟姐姐说，如果有时间，一家人好好聚一聚。姐姐还觉得奇怪，问我怎么突然说起这些……”

真美的姐姐名叫奈绪，跟我同岁，与丈夫在北海道东部共同经营一间小型旅馆。真美跟我讲了不少她们的趣事，虽然难得见面，姐妹关系却十分亲近。我努力地抬起嘴角，露出笑容，现在的我连微笑都无法轻易办到。我有点羡慕真美平凡却充满幸福的家庭，甚至心里还有一丝不甘。

“对了，环姐姐，你笑起来真好看，有两个酒窝。”

如果我有妹妹，也会像她这样吗？

我希望真美尽快康复，健健康康地离开医院，回归充满活力的白领生活。想必她不用多久就会忘了我吧。在父母与姐姐的陪伴下，她会找到心爱的人，结婚生子，建立属于自己的幸福小家庭。

真美值得拥有这样的幸福生活，我为她感到高兴。

日复一日，望着逐渐康复的真美，我的心中难免有一些落寞。

真美出院的日子定下来了。

我向她表达了祝贺，心脏怦怦直跳。真美看起来非常高兴，连声道谢。

太好了，真好。

可是……

失眠的夜晚不请自来。天亮以后，真美就要出院了。我睁大眼睛，望着天花板上的TM312星座，直到熄灯都睡不着。

灯忽然熄灭了，星座也消失了。

夜半时分，差不多又是户塚咳痰的时段，也不知道为什么，偏偏户塚这一夜睡得格外安静香甜。

我原本打算，如果户塚把真美吵醒了，就把那句深埋心底的话说出来。

真美，我有一个请求。

我想跟你说说话，能过来一下吗？

"环姐姐……你醒着吗？"

隔着帘子传来真美的声音，我吃了一惊，使劲抬起手指，希望叫醒母亲。平时非常敏感的母亲这时睡得正沉，可能是白天累坏了。

或许是听到了毛毯摩擦的声音，真美从帘子缝隙间探出头来。"我有一个请求，"真美悄声道，"我能睡在你旁边吗？就一会儿。"

这个要求完全出乎我的预料，霎时间答不上来，只是下意识地点了一下头。

真美蹑手蹑脚地来到我的床边，小心翼翼地在我身旁躺下，仿佛生怕把我碰坏了。

"你知道射手座在哪里吗？"真美望着天花板，小声问道。

我屏住呼吸。

“环姐姐，那个是天鹅座吧？真好看。”

嗯……没错。

眼前是满天的星斗。我跟她躺在空气清澈的草原上，仰望黑色虚空映衬下闪闪发光的满天星斗，TM312早就消失在地平线的另一侧，只剩我笔下的那些闪亮的星座高悬在天上。

“我有空的话能来看你吗？像这样，一起仰望星空。”

跟环姐姐在一起。

真美试探性地握住我的手，她的手掌充满生命力，柔软而温暖。我试着用力回握她，尽可能给予回应。

在我们头顶的这片天空，无名的星座正沿着轨道缓缓行进。

STORY 14

香美原旅馆 >>>

お宿かみわら

咔嚓。咔嚓。扑簌簌。

夜半时分，我偶尔会突然被奇怪的声音惊醒。

刚搬来这里时，我弄不清声音的来源，内心不免惶恐。

那阵子，我总是魂不守舍，夜不能寐。我和丈夫分床睡，他习惯把被子盖到头顶。

我站在他的床边说："志郎，醒醒，喂，快醒一醒啊。"

他被我摇醒，迷迷糊糊地问："咦，你怎么啦？到起床时间了吗？"

志郎揉着睡眼，白天的工作已经让他无比疲惫，大半夜自然不会被窗外的奇怪声响吵醒。

"没有啦，才凌晨三点，你听听，有怪声音。"我冷得牙齿直打战。

没错，这里是北海道，东部森林的深处。十二月的夜半时分，气温有时逼近零下二十摄氏度。如果不开暖气，光脚走在地上，不用三分钟，你的身体就会冻得硬邦邦的。

"要不开窗看一下？"志郎拿我没辙。

我摇摇头："我能到你那边睡吗？"

"哦，好呀。"

志郎掀开厚厚的羊毛被子，我立刻滑入那温暖的黑暗之中。

志郎将我抱在怀里，大叫道："哎呀，好冰！"

"哈哈，好暖和，这就不怕了。"

"你活像个做噩梦的小孩子。"

那段时间，志郎对我特别好。他不敢亏待我，毕竟新婚宴尔，他又欠了我那么大一个人情。

他将我从父母、妹妹的身边带走，离开幸福美满的小家庭（妹妹盲肠炎住院我都没去看她），来到这人迹罕至的地方，甚至还让我这个只在职场中当过几年白领的人，摇身一变成为小旅馆的老板娘。眷恋城市生活的我，现在不仅要帮忙开垦旅馆后方的农田，阻挡甲虫的侵袭，警惕梅花鹿的骚扰，还得面对隆冬时节水管破裂等突发状况。

搬过来以后，我常常思念故乡，好几次委屈得差点哭出来。

"什么声音啊？"我昏昏沉沉地问。

"那是冷空气来查探敌情的声音。看看这户人家有没有可乘之机啊，有没有缝隙可以钻啊。"

"怎么可能。"说着，我更用力地抱紧志郎。别看志郎是个大男人，身体却瘦得像根稻草，太用力都怕把他折断了。

“抱紧一点，可别留出缝隙啊。”志郎也不甘示弱，紧紧抱住我。因为人生地不熟，工作又特别繁忙，我的身体日渐消瘦，失去了本来的圆润，宛如一张薄薄的纸。

我们开的这间小型旅馆名叫“香美原”。

香美原是志郎的姓氏，婚后也成了我的姓，旅馆顺理成章地以此命名。

我们开设了官方网站，还写了简短的英文介绍。志郎曾经去美国留学，英语不成问题。

他一边思考英文措辞，一边自顾自地笑起来：“香美原，在日语中跟‘纸’和‘稻草’谐音，要不然英文就叫‘纸与稻草’吧。”

接着，他在网站首页“香美原旅馆”大字标题下方加了一行英文字“Paper and Straw”（纸与稻草）。

“这取名的思维也太跳跃了吧？”

“会吗？不是很怀旧，很有纯手工制造年代的感觉吗？”志郎自鸣得意。

咔嚓。咔嚓。扑簌簌。

一转眼，七年过去了。

现在的我，躺在密不透风的被子里，半梦半醒地听着熟悉的声响。

我知道，那是枯枝承受不了雪的重量，纷纷折断的声音。

还有，夜半时分静谧的湖面逐渐被寒冰覆盖的声音。

森林里的精灵调皮地折断硬邦邦的稻草，再用冰冷的手指将晶莹剔透的纸张铺在湖面上。

今晚，森林里的精灵要用芦苇作笔，湖面作纸，谱写一篇唯美的诗。

这首诗会在早晨第一缕阳光抵达时瞬间融化，没有人能领略其一丝一毫。

想到这里，我再次坠入梦乡。

志郎，我能到你那边睡吗？

向志郎撒娇的夜晚，早已一去不复返了。

待到明年，我再也不用担心被这声音吵醒了。我们决定结束这间小旅馆的经营，赶在新年来临之前。

位于北海道东部，森林深处的湖畔。

香美原旅馆，每天用心招待一组贵宾。

自家种植的蔬菜、鄂霍次克海的鲜美水产，任君品尝。

在小型露天温泉尽情眺望满天星辰。

摆脱城市的喧嚣，来这里倾听森林里的精灵们如何窃窃私语吧。

旅馆官方网站的首页上放了志郎拍摄的森林、湖泊的照片，配上我绞尽脑汁写出的几行广告语。

这片土地原本是别墅区，我们买来一幢改建成一天接待一组客人的小型旅馆，旨在给造访的客人提供住家般舒适而温馨的民宿体验。志郎喜爱旅游，结婚前就跟我讲述了他的梦想，而后来这梦想随着我们的结合成真了。虽然明知有些不切实际，我偏偏被这样的志郎所吸引。

我们从高中开始交往，他一点儿都没变，总是勇往直前，不撞南墙不回头。他的梦想有过好几个版本，起初想当大学教授，后来立志成为金融专家，去留学后爱上滑雪，跑遍了全国大大小小的滑雪场。从滑雪到旅游，在旅途中邂逅形形色色的人……他寻找到一个终极梦想——经营小型旅馆。

志郎从美国知名私立大学毕业后，进入东京的外资企业工作，身边围绕着众多年轻漂亮的女孩子，同时和我这个来自小地方的同乡、不起眼的白领一直保持恋爱关系。

“好看的女孩子当然很多啦，但奈绪你喜欢开怀大笑，哪怕不小心放屁我也丝毫都不介意，你比别人都要真实，不做作。”

我们结婚吧，从今往后，让我们永远在一起。

这是志郎求婚时说的话。

五点半起床，夏天的薄雾还未散去，我去后院采摘蔬菜。冬天，为了抵御彻骨的严寒，旅馆四处都开着暖气，客厅的暖炉也烧着火。

我们用心准备早餐，客人们七点到八点起床，也会有人睡懒觉，早晨的准备工作视客人的生活习惯而定。

客人们泡完澡，我们会送上当地生产的牛奶与热咖啡。几乎每位客人都会满意地报以笑容，当作对我们早起的犒赏。旅馆里播放着舒缓的钢琴曲作为背景音乐，刚采摘的蔬菜和煎蛋被端上餐桌。用餐后，客人们会品尝一杯咖啡，或在暖炉前闲聊几句。夏天，我们会告诉客人，这里冬天的夜晚，繁星美丽得令人心悸；到了冬天，沁人心脾的夏日晨雾则会成为必聊的话题。客人们的脸上总是被勾起心向往之的神色。

十点送客人离开，他们会说“下次一定再来”，我们一边挥手一边回应“等你们回来玩”。这一幕活像与老家的亲朋好友道别。

接下来的时间好似打仗。打扫房间、清洁浴室、购物、回复邮件、准备晚餐……现在想来，只要有客人预约，白天我们几乎没有任何空闲时间，需要马不停蹄地为迎接晚上的客人做准备。我们铆足干劲，只为了能让即将到来的客人满意，收获他们发自内心的笑容。

客人下午三点至五点抵达，常有人会在幽深的森林小径迷路，志郎负责出门迎接，我留守在旅馆，点燃精油蜡烛，梳好头发，擦上淡淡的口红。

“您好漂亮啊，真是太羡慕了！”有一次，在东京的外资企业工作的美女白领堀田当面对我说。当时我别提有多难为情了，直到现在，我和堀田还偶尔通过电子邮件分享心情。我开始意识到，对生活在大城市的人们来说，这里的风景、我目前的生活状态是令人向往的，我要努力成为一个自然率性、美丽亲和的旅馆老板娘。

将客人们安顿好后，我们开始准备晚餐。菜色以海鲜和自家种植的蔬菜为主，烹调方式不拘一格。由于食材鲜美，每位客人都会忍不住竖起大拇指。餐后是放松的时段，客人或是在暖炉旁阅读，或是拿着啤酒去户外泡温泉。我们绝不会擅自打扰，除非客人主动搭话，有时候也会跟客人畅谈至深夜，聊当地的风土民情、自然风光、季节变化，等等。

夜深后，终于到了我们的自由时间。略微读几页心爱的书籍，检查邮箱，我虽爱好编织，此时也累得几乎无力拿起棒针。我们各自躺下，关上灯。

“今天的客人，性格很爽朗啊。”志郎快睡着了。

“是啊，明天又会遇到怎样的客人呢?”我幽幽地闭上眼睛。

咔嚓。咔嚓。扑簌簌。

森林里的精灵又在写诗了。遥远的声音，纷纷飘进沉睡的深渊。

去年，我和志郎结婚的第六年，我怀孕了。

我并不是很想要孩子，考虑到工作的情况，没有孩子或许更好。尽管如此，一个小生命还是在我体内逐渐孕育。

我有些犹豫，迟迟没有跟志郎实话实说，但他很快留意到我身体状况的明显变化，在听说我怀孕后，志郎的表情异常古怪，不像是哭也不像生气，随后一把将我紧紧抱住。

“太好了，太好了，谢谢你，奈绪，谢谢你。”

他不断在我耳边重复着这些话语，抱着我不撒手，他流下眼泪，我也情不自禁地跟着哭了。

老家的父母和妹妹都为我感到高兴，母亲还答应，在生产前后会过来照顾我，帮忙打理旅馆。我暗下决心，今后要好好养育孩子，同时兼顾旅馆的工作。

事与愿违。

怀孕第五个月，我流产了。

不止如此，从那以后，我的身体明显大不如前。半年前，我住进北海道医院，志郎在旅馆和医院之间来回奔波，别提有多辛苦了。

再这样下去，一切美好将会土崩瓦解。

我感到一阵焦虑，但也于事无补。孩子、旅馆、志郎，仿佛所有一切都与我渐行渐远。我陷入了阴郁烦闷的心境，什么事都做不好，总是偷偷流眼泪。

在病房里，我整夜整夜睡不着觉。咔嚓。咔嚓。扑簌簌。熟悉的声音在我脑海中回荡，一入夜就心乱如麻。

再这样下去，一切美好都会土崩瓦解。

终于有一天，我向志郎摊牌。

我们离婚吧。

一直以来，我都暗暗希望志郎能重新找一个年轻漂亮的妻子，继续经营旅馆。

“我也有话想跟你说。今年年底，我们关掉旅馆吧。”志郎娓娓道来，“我们关掉旅馆，一起回老家，把身子养好，开始全新的生活吧。

“我的父母，你的父母，大家都在等我们回去。能再怀孕当然好，不行也没关系，我只希望你能健健康康的，你是我一辈子最珍贵的宝贝。任何东西都不能跟你相比。

“我的梦想？你可别笑我，我现在的梦想很简单，就是跟你在一起，永远永远在一起。”

十二月。一连数日，客人络绎不绝。得知香美原旅馆不久即将歇业，深感遗憾的老客户纷至沓来。电子邮件、信件、电话从全国各地向我们涌来，每每令我感动到潸然泪下。

我的身体状况已有所好转，因此尽可能帮忙打理旅馆，例如在厨房为志郎打下手。我不能长时间站立，心中难免有愧，志郎并不介意，嘱咐我：“只要迎送的时候露个面就好，大家都是冲着美女老板娘来的啊。”

迎送客人时，我精心装扮，穿上心仪的毛衣，与志郎并肩站在玄关。

送走客人的同时，我们还会递上一张纸和一根稻草作为礼物。客人们起初一脸茫然，很快便联想到谐音，会心一笑。有人直接塞进口袋，有人小心翼翼地夹进笔记本，还有人会让我们签上名字。

“志郎，这可是自古以来，人类不断传承的智慧源泉哦。没有纸和稻草，也就不会有这些东西了。”志郎大学时代的恩师带着家人从美国赶来，指着一台笔记本电脑说道。

温暖人心的相遇和别离每天轮番上演。“等你们回来玩”，这句一直挂在嘴边的话却再也说不出口。

就这样，我们迎来了最后一晚。

明晃晃的月亮悬挂在如天鹅绒般平滑的天上，那么远又那么近。

咔嚓。咔嚓。扑簌簌。

远处传来熟悉的声响。我翻身下床，光着脚站在志郎床边，他睡意正酣，脸庞着实瘦了一大圈，满是风霜的痕迹。

“我能到你那边睡吗?”我的声音低得几乎听不到。

就在那一刻，志郎掀开被子，温暖的黑暗中仿佛堆着柔软的稻草，熟悉的志郎的味道。

吹弹可破的纸，难担大任的稻草。

它们之间，却能够完美地契合。

STORY 15

放空的时间 >>>

空っぽの時間

有个词叫“巴别塔”。这里不是巴别塔，而是气泡塔[①]。

这是一幢高层商务楼，我所就职的外资基金公司坐落于此，租金在整个东京名列前茅，外观极为气派。慕名而来的众多新兴企业、外资公司自不用说，每一家都炙手可热。能够进驻这座“气泡塔”，本身就是某种格调或社会地位的象征。

我喜欢这里，位于市中心，五十层与五十一层。向窗外望去，皇宫的森林、国会议事堂、彩虹大桥一览无余，晴天时还能依稀看到富士山。我甚至认为，这里不是寻常人能到达的地方，而是神的居所。

坦白说，我几乎没有眺望窗外美景的时间。商场瞬息万变，只要视线离开电脑屏幕三秒钟，没准就会有一单大买卖被抢走。纽约证交所活跃的时段——东京的夜

① 巴别塔（バベルの塔）与气泡塔（バブルの塔）两个词在日语中相互谐音。——编者注

晚时分，我连去星巴克买杯咖啡的空当时间都没有。

忙碌到喘不过气的工作，喘不过气的日子，喘不过气的人生。

“堀田，去吃饭吗?”同年进公司的川上邀请我共进午餐。

我意兴阑珊，双眼盯着屏幕，尽可能不动声色地拒绝：“今天不去了，现在走不开。”

他是公司里的危险人物，我心中有一盏警报灯默默亮起。

川上即将于下月结婚，他原本有个学生时代开始交往的女朋友，却在“男女双方年收入两千万日元以上”的主题相亲活动中另结新欢。现任女友听说在不动产公司任职董事，去年完成上市后，在二十九岁的年纪就分到了三亿日元。川上与这位女友闪电宣布结婚，还在酒席间跟同事们吹嘘，给了前女友一百万分手费云云。

“现在的女孩简直冷酷无情，只要给钱，就搞得定。你们知道吗，她跟我说，没关系呀，分就分吧。有没有人考虑过我的感受啊?”他说说笑笑，接着把话题引到我这儿，“堀田，如果你男朋友提出分手，你们原先也是考虑结婚的，他给你分手费，你怎么想?”

“肯定收的呀，”我斩钉截铁地说，“前提是他想分手……不过，要是对方有一定的财力，用明确的方式做个了结，也不是什么坏事吧？但我不会主动索要分手费。”

“哦？你不会主动要？”

“因为这不是钱能解决的问题啊。”

“你这话不是自相矛盾吗？一会儿说用明确的方式做个了结，一会儿又说不是钱能解决的问题，自相矛盾。”

不只是川上，我们公司的男同事都热衷于找别人的语病，还会毫无顾忌地讨论起相对隐私的话题。当时，话题围绕着川上与女友的恋情，与我并无直接关系，但我却有被冒犯的感觉，心里不是滋味。

我了解川上的为人，一直跟他保持适度的距离。可不知为何，他始终毫不掩饰对我的兴趣。

被我拒绝后，川上转身离开。“好吧，下次一起，”没走几步又折回，“对了，我听到些小道消息，你想不想知道？”

我对部门内的人事调动不感兴趣：“不想。”

川上忽然凑过脸来：“我们公司听说撑不住了。”

这句话成功吊起我的胃口。结果，我们结伴去了“气泡塔”顶层的一家会员制俱乐部吃午餐，选在最不引人注意的位置。

川上先是大谈承办婚宴的酒店服务多么糟糕，又抱怨了一番湾区的公寓，新居房贷临时被银行暂缓发放，话题充满负能量，最后负能量更是冲到顶点。“我们美国总公司的资金据说很吃紧呢。”

始于去年的次级贷款问题让外资基金公司业绩纷纷恶化，这几个月更是愈演愈烈，泡沫即将破裂。

然而，公司员工们却摆出一副隔岸观火的态势，我也不例外，作为有着近百年历史与传统的大企业，去年刚刚创下年度利润新高的纪录，就连当年的黑色星期一①也挺过来了，总不能说破产就破产吧。

“其实，我准备跳槽了。”川上突然透露要换工作。

我吃了一惊：“为什么？有猎头找你吗？”

“没有，猎头上个月就没动静了。”

外资基金公司的优秀职员时常会被挖角，从我进公司的第三年起，频频有猎头找上我。的确如川上所说，上个月竟然没接到任何新工作的邀约。

“你考不考虑跟我一起创业啊？”川上当天的表现有些唐突，且颇具侵略性。

川上是个以自我为中心的人，轮到我发表意见，他总是双眼无神，深不可测的样子。这是他一贯的对话方式，我基本不把他的话当一回事。

我心中不免大翻白眼，创业这么重大的事情，他口气轻巧，好像在约我去迪士尼乐园。

“也太突然了吧。”

“不突然啊，我们之前已经计划过了，决定邀请公

---

① 黑色期星一：指1987年10月19日（星期一）的股灾，当日的道琼斯指数大跌22%，引发金融市场恐慌，以及20世纪80年代末的经济衰退。——编者注

司里最优秀的同事一起创业，你就是那个人。”

“‘我们’是谁?”

“我和美弥啊。”

美弥是川上的未婚妻。有一次同事聚会，她也在场，那天他们向大家宣布了结婚的消息。

我记得那个美弥站起来说：“贵公司的川上与敝公司的本人相结合，一定会是双赢的关系。”听起来就像宣布公司合并的记者会发言。

“美弥现在是董事吧，他们公司刚上市，董事可以出来创办别的公司吗?”

“她的意思是做个运营酒店的子公司，让我来当总经理，我就想找你当董事，你不是常去住时髦的北国民宿吗?”

所谓“时髦的北国民宿”，指的是香美原旅馆，我偶尔会去住几天，换换心情。

“我跟你说过住民宿的事吗？我怎么没印象?”

川上对别人说的话总是不入心。

“这要看我有没有兴趣。”川上的视线紧紧锁定我。

言下之意，他对我有兴趣。

我没有立刻给他答复，不答应，也不拒绝。

我对川上并无男女私情方面的兴趣，但他的邀请的确令我颇为心动。

坦白说，以我八年来不分昼夜不断拼杀的投资经理的直觉，目前这份工作恐怕凶多吉少。我心中的警报灯再次亮起。

这样下去，只会坐以待毙。问题是，我缺少的恰恰是冷静思考的时间。

川上在临近结婚时递出辞呈。欢送会上，他凑过来悄声提醒，声音至今回荡在我耳畔。

我等你的好消息。

我的心情异常复杂，我对他没兴趣，他也没有对我表白，但此刻我却有一股冲动，想随他一道离开公司。

结果，那一天还是来了。

我们公司，这家拥有近百年历史与传统的美国最大规模基金公司，刹那间轰然倒塌。

公司宛如一艘沉没的巨轮，随着水位逐渐升高，再也无力回天，一点点沉入深深的海底。

在皇宫护城河边，我独自坐在一家咖啡店的露台上，那是个困意十足的闲适午后。

刚刚进入冬季，暖洋洋的天气令人恍惚以为来到初春，风和日丽，与早春时节无异。护城河两岸的樱花树上一个花苞都没有，光秃秃的树枝一到春天又会绚烂盛放，我独自望着淡蓝色的天空出神。

在“气泡塔”工作的日子，我从不曾像这样仰望天空。毕竟，我一直在半空中飘飘荡荡啊。

一位女服务员走过来收走早就喝光的咖啡杯，问我要不要续杯。

我点点头："再来杯卡布奇诺。"

"马上就来。"

女服务员在点单本上写了几个字，望着桌上的花束笑道："这束花好漂亮，要送人吗？"

"哦，这个吗？"我不好意思地说道，"我朋友要结婚。"

"是吗？冬天收到花，肯定会感觉心里暖暖的。"

"爱子，拿铁好了哦。"似乎是店长或咖啡师在喊她。

女服务员精神饱满地转身离开，快步赶去柜台。是来做兼职的大学生吧，生涩的样子让我联想到曾经的自己。

我也是这样一路走过来的，为了筹措去美国留学的费用，我在咖啡店打过工，做过家教、补习班老师，兼职做过三四份工作。我的家庭不算富裕，因此从小就希望凭自己的力量出人头地。

高考、留学、求职、升迁……我一路靠自己的能力走到现在，这也是我引以为傲的地方。

我从来不靠别人，不像川上那样，依靠父母的门路、学长的帮忙，或靠着未婚妻的人脉关系往上爬，这完全超越了我能够想象的范畴。

然而，在这个世界上，特别是财富的世界，潮流风向往往是那些会看形势的人创造的，他们能眼光精确地看准风向形势，准确地拿捏时机，顺势而为。金融业塑造了财富世界的面貌，也唯有会看形势、顺势而为的人才能功成名就。在商场这片无边无垠的汪洋大海中自在邀游的，全都是会看形势的聪明人。笨拙的、毫无章法的人，根本没有出头的机会。

公司破产后，日本某基金巨头提出收购，局势暂且得到缓解。共有六百多位员工遭到解雇，而我逃过一劫。公司从那幢“气泡塔”搬出，转入一幢八层大厦，更有生活气息的环境令我产生了脚踏实地之感。

在一番兵荒马乱之后，我想到了川上。

他也是个会看形势的人，早早预见了这样的乱局，率先“跳车”，毫不拖泥带水。

回头想来，当时他向我伸出了橄榄枝，是希望带着我逃离即将来临的风暴。

他曾表示对我有兴趣。我当然无从考证，他的“兴趣”具体指什么。

川上前不久发来消息，说想跟我碰个面聊聊天。

由于身陷公司破产风波，我没能及时对新婚的川上表达祝福。而且，创业计划方面也还没正式给他回复。

今天，我准备了一束花，白玫瑰加粉色百合，是我特地去知名酒店的花艺店订的一束适合恩爱夫妻的花，对品牌格外挑剔的川上应该会满意吧。

我提前一小时来到咖啡店，享受难得的独处时光。经历公司破产后的兵荒马乱，我的生活也七零八落，头脑一片混乱。

我也想过好好静一静，利用周末，去久违的“香美原旅馆”住两天，不料却收到店方发来的“闭店通知”。

经济危机的影响居然无孔不入，我着实感到震惊。虽然不清楚闭店的真实原因，但失去了珍爱的避风港，一阵落寞涌上心头。

为了在咖啡店好好放松一下，我特意提前出门，川上则准点现身。

“嘿。”他招了招手。

我立刻递出花束。

“这是什么？”他很诧异的样子。

我不禁笑道：“有什么好奇怪的，祝你新婚快乐啊，虽然是迟到的祝福……恭喜恭喜。”

川上注视着花束：“谢谢，但我不能收。”

我听得一头雾水，望着他发呆。

“结婚的事泡汤了。他们公司破产了。”

我抱着花束，一句话都说不出来。

美弥所在的不动产公司与我们公司及多家外资基金关系密切，几个月前还顺风顺水，怎料资金周转突然出了问题，一转眼就破产了，开酒店运营子公司的计划自然也告吹了。结婚亦然。

“她对我说，结婚的事就当没发生过，本来希望会是双赢的关系，落到现在双输的局面，她不想拖累我。”

神采从川上的脸庞消失，他本来一向积极主动、勇于冒险，有着孩子王般的要强性格，此刻却垂着脸，宛如一株枯萎的向日葵。我看在眼里着实不忍。

“双赢”，婚姻居然也能用这种商业术语来定义吗？

川上与美弥的关系何其脆弱。

“原来如此，”我总算回过神来，“那你现在怎么样？”

“没怎么样，领失业保险啊，看接下来有什么机会。”他的声音有气无力。

“这是个机会呀，”我说，“摆脱一切，靠自己从零开始，工作也好，美弥的事也好。这是你的大好机会啊。”

川上抬起头，稍稍挤出微笑：“你好坚强，这段时间你也不容易吧。”

我点点头：“从零开始，靠自己，船到桥头自然直，不是吗？”

川上的笑容越发灿烂。

我们打开话匣子，聊到太阳下山仍意犹未尽。最后，川上捧着花回去了，说要再试一次，向美弥求婚。

我点了第三杯卡布奇诺，继续享受这来之不易的独处时光。多年以后，我竟然找回了放空的时间。

STORY 16

粉刺 >>>

おでき

我的人生从来得不到上天的眷顾。

也不晓得这突如其来的结论从何而来，我还那么年轻。

我今年二十二岁零四个月，高考发挥失常，一心想要去东京发展，最后硬着头皮进了第四志愿的大学，目前读到大四。大三的夏天，我开始疯狂找工作，总算被市内某建筑公司（规模相当于中小企业）录取。我很清楚短期合同工和兼职是毫无前途的，唯有正规录用一条路可走。

工作大致有了着落之后，我给老家的母亲打电话，她跟姐姐住在一起。不出所料，母亲大喜过望。母亲给的零用钱根本不够花（她靠在超市打零工的微薄收入挤出一部分来汇给我），我还得通过奖学金、兼职补贴学费和生活费。虽然八字刚有一撇，但母亲欣慰地表示“这下总算不用再给你寄生活费了”，她操劳多年，此刻肩膀上的担子瞬间减轻不少。我们沉默了一会儿，我答应母亲：“等领到第一个月的工资，一定买样东西送给你。”

上周，事情突然出现难以置信的变故。我居然接到取消聘用的电话。

“啊……不会吧！取消聘用？居然有这种事？”明明已经入冬，我还是全身冒汗，差点喷出火来，对着手机大吼。

“实在很遗憾。”听筒传来低沉的声音。A公司人事部，负责招聘应届毕业生的初芝小姐，面试当天态度非常亲切，我暗下决心，入职后要以这位大姐姐为榜样。一个月前，接到录取通知时，初芝小姐还私下发短信鼓励我：“恭喜你！今后一起为公司效力吧。”

“遗憾……怎么能这样啊！不至于吧！”我不甘心。

“经济不景气，我们公司正在大规模裁员……我也很过意不去，现在的状况完全没办法招新人。”

听得出来，电话那头的初芝小姐同样深感失望。我握着手机无言以对，同时暗暗担心，不知道她会不会被公司裁掉。

我对这家公司充满怨愤，他们居然会以经济不景气为借口，斩断莘莘学子的希望。

算了吧，我的人生蓝图，本来就没描绘得那么幸福完满。

“我生来就得不到上天的眷顾。”我嘀嘀咕咕抱怨着。

进大学后，我在护城河畔的“运河”咖啡店找了份兼职，店长小菅是一位中年男人，对我照顾有加。

生活中不满意之处比比皆是，这家咖啡店却是我唯一喜欢待的地方。

春天，树上绽放的樱花连成一片片洁白的云朵，花瓣飘落下来，将河面覆盖；夏天，樱树的枝叶绿意盎然；秋天落叶缤纷；冬天，就连光秃秃的树木都令人心旷神怡。一年四季，咖啡店的窗外每天都有不一样的风景。

我卖过甜品，做过医院前台，打工经验相当丰富，只有这家店一直做到现在。通常都是用人单位单方面跟我解约，最近经济不景气成了解约的首要原因。距离毕业还有几个月，找到工作前，保住“运河”的工作显得格外重要。

“又来了，‘不受上天眷顾’都成你的口头禅了。”店长一面烧水冲咖啡，一面半开玩笑道。

“你评评理嘛，说好录用我的，现在又取消了……怎么会这样嘛！这让我怎么办啊，都留下‘心理阴影’了。”

“什么‘心理阴影’……没听过这种说法。”

“就是心理上受到创伤留下的后遗症。我说错了吗?”

虽然我念的是心理学专业，却只懂一点皮毛，对专业毫无深入研究。

店长对我的抱怨并不陌生，无论我嘀咕什么，他总是微笑以对，我从未得到过预想中的附和。我望着窗外出神，护城河在午后阳光的照射下，河面波光粼粼。

又是一个无事发生、淡而无味的下午，宛如一幅粉饰太平的画。

挂在店门上的铃铛发出响声，一位美女走进咖啡店，看上去是位高端职场白领。只见她身穿针织连衣裙，外套做工精细，手里捧着一束花，很有品位。她将花束放在桌上，点了杯卡布奇诺。工作日的下午来咖啡店，捧着花束等人，她是做什么工作的呢？

趁店长准备卡布奇诺的空当，我悄悄叹了口气，心想恐怕我永远不可能跟这位客人一样，如此潇洒惬意地享受下午时光。

我来自山阴地区荒凉偏僻的小山村。

从东京过去，不仅交通不便，费用也不低，我每年只在新年和盂兰盆节回家两趟。

乘坐夜班长途汽车，晚上十一点离开东京，转天早晨七点抵达 JR（日本铁路公司）的 Y 车站，接着搭乘区间线，在空无一人的简易车站下车，换乘一小时一班的公交车，在田埂上颠簸二十分钟，下车后还得步行十分钟。

我家的小房子位于一处村镇聚居区，几排民宅屋顶的红漆已经斑驳脱落。

母亲生下姐姐和我后，经常遭到父亲的殴打，她吃了很多苦，终于离了婚——当然这是我长大后才知道的往事。我记不得父亲的长相，也不知道他姓甚名谁，但我从来没有因此受过委屈，在我眼中，母亲是个乐观开朗的女人，如果家庭暴力确有其事，我绝对不会原谅父亲，也完全不需要这样的父亲。

对我来说，母亲还同时扮演了父亲、朋友的角色。她在超市打零工，还兼了好几份别的工作，辛辛苦苦拉扯我们姐妹长大。生活如此艰辛，她却从不抱怨，从不流露负面的情绪。

姐姐是个非常踏实可靠的人，堪称母亲的翻版。高中毕业后，她进入本地的农业协会工作，随后拼命存钱，作为我念大学的资金。“你至少得接受高等教育吧。”姐姐说。

我决定去东京求学后，母亲感叹“东京一定很大很热闹吧”，眼中满是期待。母亲和姐姐一辈子都没去过东京，高考之前的我同样如此，对我们家来说，去东京就和出国没什么两样。

姐姐还不忘给我打预防针：“听说东京很大很热闹。爱子，你可不能经不起诱惑，一定不要荒废学业啊。”

她的人生循规蹈矩，连纵情玩耍的机会都没有，要是妹妹受到都市生活的诱惑，荒废学业大玩特玩，她一定气疯了。

“放心吧，我跟你一样都是认真的人，除了读书和打工，我对别的没兴趣啦。”

我嘴上这么说，心里却默默展开幻想：参加联谊聚餐时，如果遇到长得像二宫和也[①]的男生主动搭讪，我一定马上点头答应。

当然，没有什么二宫和也来搭讪。我忙于打工、上课、写作业，连参加联谊的机会都没有，身边更没有那种擅于察言观色，体贴地为我安排聚餐以认识新朋友的闺密。

母亲和姐姐想象中精彩纷呈的都市生活，实际上几乎与我无关。

反正无论在老家还是东京，我的人生总是得不到上天的眷顾。

既然如此，我决心要在东京找份工作，赚很多钱，赡养母亲，把求学资金还给姐姐。我把稳定的工作和收入视为自己的终极追求（也是眼下的目标）。

上天在我眼前打开了一扇门，道路在前方铺展，门内的风景不算糟糕，不，对我来说已经足够了。

可我刚迈出脚步，门却在我眼前关上了。

只留下我枯立于门外，惊惶失措，进退维谷。

被取消聘用后整整过去三天。

“不好意思，店长，我有个小请求，不，有件重要的事情想拜托你……”

工作日的下午，“运河”一如往常。我看准咖啡店

① 二宫和也是偶像组织“岚”的成员。——编者注

客人最少的时间段，跟店长谈判。

我无法向母亲与姐姐坦白聘用被取消的事情，心中不是滋味。如果退回大学三年级，应该还剩半年多求职宽限期。万一临近毕业却还找不到工作，求职可没有留级一说，以后便无法再参加用人单位的应届生招聘会，只能悲惨地沦为往届生。我也考虑过去劳务外派公司登记，但经济形势如此动荡，从短期合同外派升上正式员工更是难如登天。因此，我已经别无选择……只剩下“运河”了。

店长保持着一如继往的微笑：“想请假是吗？可以啊，你要回老家？”

“不是的，恰恰相反，”我立刻否认，“我短期内不想回家。”

“为什么啊？考完试不就放假了吗？早点回去吧，妈妈和姐姐都在等你回家团聚呢。”

“录取作废了，我现在哪有脸回去啊。”我摇头道。

我心里的如意算盘是，在店长面前装出失落的模样（实际上就是很失落），为找不到工作而忧愁，寄希望于店长主动提议：要不先在店里工作一段时间吧？

如意算盘的下一步是，我不可能一辈子都在“运河”工作（那也很可怕），这份工作顶多是个过渡期，每周全职做个五六天，与此同时求职应聘，一有好机会立刻请辞……店长这段时间以来对我照顾有加，也充分了解我是个不受上天眷顾的女大学生，想必这点忙他不会不帮。

见我吞吞吐吐（按计划店长此时应该主动邀请我转为正式员工），店长打破僵局："我说爱子啊，其实，我有一句话早就想跟你说了。"

来了！

"嗯，嗯，什么话？您说。"

店长见我反应如此强烈，反倒迟疑了一下，随后对着我笑道："你还是回老家的好。"

啊？

这突兀的建议与原先的剧本完全对不上，我根本来不及收拾满脸的笑容。

店长见状捧腹道："哈哈，你表情好奇怪啊。"

奇怪……店长，你说一个妙龄女子表情奇怪不合适吧……我暗自思忖。

"自从你来我们店打工，我就一直想跟你说这番话，后来看你非常卖力地找工作，我不方便讲。爱子，你常常跟我提起伯母和你姐姐，不是吗？你说她们为你付出太多，以后你要努力工作，不让她们担心，真正独当一面。"

"还不是因为，我不受老天的眷顾嘛。"我小声嘀咕。

"哈哈，"店长再次笑出声来，"话是没错啦，身为大学生，却不得不靠自己出来打工过日子，好不容易有公司录取了，结果无缘无故打了水漂，要说不被眷顾也合理。但在我眼中，你已经很幸运了。"

“幸运在哪里?”我立刻反问。

“你有善良的母亲、勤恳的姐姐，你还有故乡，想什么时候回去都可以。而且，你已经做好准备，从今往后不再依靠家人的照顾。这些求之不得、异常珍贵的东西，你已经全都拥有啦。”说到这里，店长的笑容略显落寞，“这些幸运我都享受不到，没有父母，没有兄弟姐妹，没有太太，也没有故乡。只有不依靠他人独立生活，这点跟你是一样的。”

我这才意识到，店长从来没提过自己的过去和家庭情况。

店长用温和的声音娓娓道来：“这么多年，我一直在这座大城市里摸爬滚打，不知不觉间，一转眼我的父母、兄弟姐妹都已经去到另一个世界，我太太也抛弃了我，老家更没有我的容身之地。我还能去哪儿呢？这辈子恐怕只能在这里做咖啡，想通了这些，人生倒也豁然开朗了。”

店长为人和气，不管我如何怨天尤人，他总是笑脸盈盈。

我说不出话来，无法想象店长这样温暖强韧的人，原来内心也会留有无法消弭的斑点或印记。

“我知道你好不容易才能来东京念大学，想在这里闯出一片天，这无可厚非。可回家乡发展，同样也是一条路。真的没必要盲目地执着于‘东京’两个字。”

与其在东京勉强度日，独自打拼，不如返回家乡，在家人身边过相对自在的生活。店长的意思我能理解。

“这次录用被取消的事，我相信有一天你会心存感激的。以后，你会改掉爱抱怨的坏习惯，把什么‘心理阴影’啊，‘创伤’啊，全都抛到九霄云外。”

“心理阴影能抛那么高……”我笑着转移话题，眼眶中居然有泪珠在打转。

“心理阴影就跟粉刺似的，粉刺好了，痂忽然就掉了，不是吗？说到粉刺，你的经验可比我丰富多了。”

我破涕为笑。

如粉刺般的心理阴影。原来，所谓无法消弭的斑点或印记，不过是在心头突然冒出来的粉刺，总有一天会彻底脱落。

如果我告诉母亲，求职计划失败，录用被突然取消，我决定先回老家一段时间，她会怎样想呢？

母亲会失望吗？她对我寄托了全部的希望。姐姐会生气吗？她已经为我花了那么多钱。

但是，我知道，粉刺越早治愈越好，而特效药多半只能在家乡才找得到。

STORY 17

铁罐山茶花 >>>

缶　椿

一朵山茶花默默开放。

公司女厕所的洗脸台上摆着一个小铁罐，里面插着一朵花。那是随处可见的食品铁罐，被擦得锃亮，没有一丝污垢或锈迹。靠近铁罐，映照出的脸庞略微变形。

铁罐花瓶摆在那儿很久了，一年四季插着不同的花。女员工们每天都会聚到卫生间开“茶话会”，山茶花在角落里静静地、不卑不亢地开着。

“我跟你们说呀，重磅八卦来了！销售部的井岛，你们知道吧，最近跟公司附近卖盒饭的女生走得很近，那个开着面包车卖午餐的，叫‘暖阳’什么的，井岛对她超级痴迷哦。他跑来要我出主意，说‘那个叫美咲的女孩好漂亮，有什么办法可以约她出来’。”

公司资深员工冈部每天都会在女卫生间召开茶话会，会议的固定参与者是人事部的中田、行政部的森下加上我。吃完午餐后，我们会特意约好时间，一起去卫生间刷牙。四个人刚碰头，冈部就迫不及待地以“我跟你们说呀”开头说起来。

我不确定另外两位对冈部的话题到底有没有兴趣。但凡涉及八卦绯闻，她们便会凑到冈部身边，表面上听得津津有味，还会适时地夸张大笑，很捧场的样子。如果其他女同事走进来，她们会立刻压低音量，或是索性一语不发，等人家出去之后，重新就地取材，临时加场讨论，“刚才那个女生大脚趾外翻，看见了吗？”……反正尽是些鸡毛蒜皮的琐事。

“轮到你了，初芝、初芝，你觉得呢？”

每每我开小差，冈部总会点我的名。

“啊？什么……不好意思，说到哪里了？”我坦白从宽。

众人再次发出夸张的笑声。

“你怎么老是这样啊，初芝，魂不守舍的，是不是又为哪位帅哥心烦啦？”

哈哈哈哈……又是一轮笑声三重奏。虽然与感情无关，但我还是不免红了脸。

“要我说，初芝啊，你就是太耿直，人太好了，他们就是吃准你了，把不好干的活儿全都推给你。”冈部抱着手臂说。

她永远是这副居高临下的腔调，仿佛这个世界所有的问题她都能够明察秋毫。我心中尽管不以为然，嘴巴上却不愿与她正面交锋。

“可不是嘛！前阵子，人事经理是不是说你‘当仁不让’，让你去负责‘悔棋’？”

“对！对！悔棋的事是你在做吧？”

三人笑成一团，我尴尬地“嗯”了一声。

所谓“悔棋”指“取消录用”，是“女卫生间定期茶话会”里的暗语之一。我在人事部负责招聘及其他杂务，上个月，经理将一件责任重大的工作交给我处理，即前所未有地直接通知应届学生，取消原定的录用计划。

我在这家中型建筑公司工作八年，今年受到全球经济衰退的形势影响，财年上半段业绩喜人，公司全员出动，忙得不可开交，可一到下半段，大家都闲下来了，于是规模庞大的裁员接踵而至。

“取消应届生的聘用，总比直接裁员好吧。”冈部抱着手臂继续高谈阔论，“毕竟就是些学生嘛，又没真的招进来，这么年轻，有的是梦想和希望。这家公司不行，换一家就是了。所以，你是在做好事，我们公司请不起，还有其他公司，危机就是转机啊。”

在她口中，“取消录用”似乎纯属我的个人行为。

“对了，我想打听打听，公司里哪些合同工会被辞掉啊?”冈部拍拍我的肩，故意套近乎。

我不吃她这一套。如果列出具体名单，要不了多久，她那张大嘴巴就会传得人尽皆知。

见我沉默不语，冈部觉得无趣，向另外两位女同事断言道：“依我说，行政、人事、销售，这些部门里负责杂务的女性合同工恐怕都很危险，再加上更底层的那些人，例如负责打扫的阿姨什么的。”

“啊？不会吧，”森下皱着眉呼应，“这样不好吧……他们走了，等于要让我们来做杂事啦，现在就忙不过来了，还要做合同工的事吗？”

“连厕所也要我们自己打扫吗？”中田问。

“那倒不至于，打扫的阿姨人数会减少，还是要让她们来做的。”冈部斩钉截铁。

森下和中田表示赞同。“哈哈，没错，打扫阿姨除了打扫还能干吗？”

三人拍手大笑，我却一点都笑不出来。

我既不能生气，也无法表示抗议；既不能点头，也无法摇头。

只觉得我如此无力。

山茶花今天仍然兀自开放。女厕所的铁罐花瓶里，冬天插山茶花，春天油菜花；夏天会换成紫阳花或紫露草，秋天则是杉树或枫树的红叶。

在铁罐中插上当季花卉的人究竟是谁？我暗地里破解了这个谜团，是负责清洁工作的市村阿姨，大概三年前，我们与一家专做“银发族”劳务外派的公司签了合约，请她帮忙打扫。

早晨，我走进厕所，镜子、地板、坐便器都已经清洁完毕了。市村阿姨一大早就来打扫，还会留下一朵花，她入职前从未有人如此负责过。

起初，花朵插在一个糖水菠萝的空铁罐里，我立刻就注意到它的存在，仿佛为干巴巴、冷冰冰的公司卫生间点亮了一支暖心的蜡烛。我很想知道摆花的人是谁，按说最有可能是行政部的女同事，转念一想，我们公司的女员工心思没那么细腻。

糖水菠萝的空铁罐沾了水，纸质标签皱巴巴的。我将标签撕去，露出金属原本的银白色，随后用热水仔细清洗铁罐外残留的胶水，最后盛上满满一罐水，重新将山茶花插好。厕所的角落顿时更有生气了。

隔天，铁罐里又多出一朵山茶花，或许是孤零零地只插一朵不好看。两朵红彤彤的山茶花相偎相依，令人心中更添一股暖意。这样想着，我不禁笑了起来。

我认识市村阿姨，是女厕所出现铁罐几个月后。

我有自知之明，知道自己性格相对被动，总是随大流，不敢表达不同意见。我从小就是如此，在严父慈母的家庭长大，无论面对父母还是朋友，遇上对方心情不好，我往往选择忍让，等待乌云缓缓飘过。只要在一旁默默等着，不用做任何事，一切总会过去的，这是我从小到大的处世哲学。

无论是孩子的世界还是成人的世界，人群中总有那么一部分人，热衷于拽着大家往前走，影响我们这群相对被动的人。悲哀的是，我总是轻易地被他们牵着走。进入这家公司后同样如此，作为人事部员工，我被迫负责了好几件没人愿意插手的业务，例如联系劳务外派公司，协调合同工，又如负责招聘，转达那句“非常遗憾”，或是作为投诉窗口，了解员工对人事工作的不满和意见。

同事们给我的评语是：“你个性比较亲切，大家喜欢把烦心事告诉你。”听来并不是多么正面的评价。

后来，我莫名其妙地被冈部列入“小道消息茶话会”的固定名单，她们对别人形形色色的八卦消息评头论足，有时候到了上班时间还刹不住车。作为会议召集人，冈部每次都全情投入，打起十二分的精神，就好像她来这家公司的目的就是聊八卦。

女厕所似乎受“结界”[①] 保护，闲杂人等不便打扰。有一回，大家在聊某女同事的八卦（不乏露骨的批评），冈部的言语攻击格外辛辣，丝毫不留情面。大聊特聊二十分钟后，我实在听不下去，找了个借口准备抽身：“哦，我还有份复印件要拿，先走啦。”

我装作突然有事，走出女厕所，看见门边站着一位清洁阿姨，这是我第一次知道市村阿姨。

由于听到女厕所内的“会议”热火朝天，她不想打扰我们，抱着手臂站在门外等候，脚边是打扫用的工具。她站得笔直，随时准备投入工作，见我出来，便向我致意。我留意到她手中握着一朵小小的油菜花。

三月，乍暖还寒的初春，厕所的铁罐里许久没有插

---

① 结界指运用某种超自然的力量形成一个特殊空间，创造另一个小型空间。——编者注

花。每次看到空落落的铁罐，我都会落寞地暗自思忖，是季节的关系吗？到了百花齐放的春天，还会有人在铁罐里插花吗？

哦，原来是她。

我瞥了一眼她胸前的名牌，上面写着“市村”两个字，字迹相当隽秀，我几乎下意识地主动跟她搭话道：“请问一下，花是从家里带来的吗？”这个举动连我自己都深感讶异。

市村阿姨起先有些错愕，随后展颜笑道：“是啊，院子里开的花，我跟公寓房东要来的，也有上班路上摘的野花野草。”

我的脑海中浮现出市村阿姨早起摘花的身影。“原来是这样，我一直很喜欢铁罐子里的花。”

市村阿姨表情豁然开朗，露出灿烂的笑容，反问道：“对了，莫非你就是那个……把铁罐子洗干净的人？”

我吃了一惊，洗菠萝铁罐已经是半年前的事了。“嗯，因为标签被泡软了。”

“哦，是吗？”市村阿姨诚恳地低头致意，“谢谢你啊，多亏你细心，罐子看起来更像个花瓶了。”

我受宠若惊，一位年长的女性居然会为如此微不足道的事向我表示感谢。

“哪里的话，该说谢谢的是我，帮我们打扫得这么干净，谢谢您。”

“不用客气，这是我的工作嘛，我知道你用完厕所都会帮忙整理的。”

我们两个在厕所门口互道谢意。

“咦，怎么回事啊，初芝，你不是要去拿复印件吗？”冈部在背后嚷嚷。

我转过身，冈部率领的八卦军团大军压境。

“不好意思，现在能进去了吧？”市村阿姨连忙询问道。

冈部不予理睬，批评市村阿姨与我：“你们这样不好吧，工作时间怎么能偷懒呢？”

从那天起，每次在公司碰见市村阿姨，我们都会简单聊上几句，无须刻意寻找话题，就那么随意地聊聊天气、上班途中发现的花草，等等。与市村阿姨的交流自然而自在，与“茶话会”辛辣刺激的氛围截然不同。

市村阿姨是位有教养的女性，她对所有人都彬彬有礼，虽然说起来简单，如今又有几个人能做到呢？

之后长达三年的时光里，铁罐中一直插着花。春天的樱花，夏天的紫茉莉，秋天的小菊花，冬天的山茶花。一年四季，从不缺席。

几天前，平稳的职场起了波澜。我们通知了市村阿姨所属的清洁公司，决定解除劳务合同。裁员风暴一触即发。

公司开始鼓励员工主动提出辞职，“茶话会”上的相关讨论格外热烈，哪些人会主动请辞，哪些人会死皮赖脸待着不走，冈部嘴巴毫不留情，对每位被裁掉的同事冷嘲热讽，由于裁员不会波及三十五岁以下的青年员工，她就像得了什么尚方宝剑似的，对别人幸灾乐祸。

我不是没有犹豫过。主动辞职有赔偿金可领，拿到这笔钱，顺便思考一下接下来的人生规划也好。我受够了被动接受，无论是不想做的差事，抑或不想听的话语。

公司同时也在节省开支，人事层面的“节流方案”出炉后，我着实大吃一惊。

方案中有一条“更改清洁外包”，要从市村阿姨所属的公司，调整为另一家要价较低的清洁公司。

我罕见地找经理表示抗议：“现在这家清洁外包做得特别好，就这样跟他们终止合同，我觉得太可惜了……”

人事经理看我的眼神，仿佛我是一头奇珍异兽：“你说什么胡话呢？谁来打扫还不是一样？”

我难以继续据理力争。

二月底，市村阿姨最后一天上班，我起了个大早，去自家院子里剪花，一朵又一朵山茶花在脚边落下。

“你在做什么，这么一大早的？”母亲在阳台上问。

我默默剪着，当场凑出一大束山茶花。

“这是啥？怎么回事呀？”冈部好奇。

午餐后，我捧着山茶花束去厕所“开会”，面对询问笑而不语。

厕所里的“茶话会”如期召开，我站在门口，静静等待合适的时机。

市村阿姨一如往常，手中提着打扫工具走过来，带着一朵山茶花。她看见我，还有我捧着的一大束山茶花，诧异的表情慢慢变得柔和。

我们将手中的山茶花赠送给对方，并再次互道感谢。

我把市村阿姨的那朵山茶花插进铁罐子，并挪到我的办公桌上。

红彤彤的山茶花像在冷漠的职场中点亮的一支蜡烛，我望着它，预想未来将要跨出的那一步。

STORY 18

走在阳光下 >>>

ひなたを歩こう

要问我为什么会爱上他？

我想，全世界的女性都差不多，会因为某些微不足道的理由坠入爱河。

也许你们会笑我太荒谬，喜欢他，起初只是因为他永远走在人行道洒满阳光的那一侧。

初次约会那天，我记得是在二月末，北风劲吹的寒冷下午，翔太和我在涩谷看完电影，决定去喝咖啡。走出电影院，扑面而来一股寒流，翔太走在前面，我跟在他身后，两个人保持着微妙的距离。

第一次约会许多事情不能如愿。例如我很想跟他牵手，但要是女生太主动，总觉得成了输家。反过来说，如果他强势地拉着我到处走，缺乏一定情感的铺垫也不行。因此我想看部电影、喝杯咖啡，营造一个氛围，找寻适当的时机，自然而然地把手牵在一起。设想是美好的，但偏偏无法如愿。

在十字路口等待绿灯时，我的手掌在口袋里时而握拳时而张开，心想当信号灯变绿，就把手从口袋里拿出来，等待他主动来牵。

忽然，自顾自往前走的翔太回身向我招了招手："快来，来这里！"

"怎么啦？你要进去逛吗？"我一路小跑跟在他身后，满心期待地问。

"这里有阳光。"他说。

"啊？"我放慢脚步。

"我们刚才走的那条路没有阳光，我总觉得不走在阳光下就亏了，"他笑道，"走吧。"他伸出手，自然地握住了我冰冷的手掌。

翔太的手掌宽大而温暖，感觉就像晒着太阳。

后来我才知道，那次约会，翔太为了跟我牵手，在电影院升降梯门口，他使劲摩拳擦掌，只为让手掌更暖和一些。他笑着告诉我，生怕第一次约会、第一次牵手时，手掌太冰冷会让我不舒服。

不走在阳光下就亏了。

他的这句话令我印象深刻，我希望继续交往，深入了解他。

我不是炫耀，从小到大我还算讨人喜欢，也交过好几个男朋友。从十二岁到二十二岁，男朋友几乎没断过。每一任男友我都投入过感情，后来多半是感觉某些地方不合拍，由我主动提出分手。

对不起，你很好，但我们不合适。

细细想来，我在恋爱中常常对某些事情（大多是小细节）感到失望，认定对方不是我要的那个人，表面上故意装作若无其事，以至于对方完全没有心理准备。

是我哪里做错了吗？是我对你不够好吗？他们或彷徨，或愤怒，或哭泣，当我见到他们的反应，会进一步认定，并说服自己，眼前的这个人不能陪我一辈子。

我认为，是他们主动追求我的，退回原点的权利掌握在我手中。

翔太一开始也不例外。大三那年，我在咖啡店打工，与我同岁的翔太在厨房当学徒，他主动跟我表白。同时，负责外场服务的另一个男孩子也对我表达了好感，我不无轻佻地玩着爱情游戏，在两者之间比较权衡，享受着被追捧的虚荣。

我选择了翔太，原因是他做的蛋包饭外形很漂亮，仅此而已。

如果约会两次以后发现不合适，我打算立刻跟他说拜拜。

跟往常一样，我没想太多，轻率地接受了翔太的追求。

之后便是初次约会时他说的那句话。

他用温暖的手掌握着我冰冷的手，在孱弱而真实的冬日暖阳下并肩而行，我的心门缓缓开启。

要问后来我跟翔太怎么样了？

出乎意料的是，我们开始一起生活了。

是我提出来的。因为，他做的蛋包饭实在太好吃了，我每天都想吃。

当然这只是“官方说法”，实际上，我已经离不开翔太了，每一分每一秒都想在他身边。

翔太与我之前交往过的男朋友都不一样，他不会把自己的想法强加于人（前任男友为求表现，会说出“你一定会喜欢的”或“为了你好”之类武断的话），非常细心（先把咖啡杯温热），任何时候都陪伴在我身边（睡前发信息分享一天的心情），保护着我（排班错开的日子会提前十分钟来咖啡店接我下班）……他的优点不胜枚举。

他不帅，也不潮，更没什么异性缘，可是随着时间的流逝，我越来越爱翔太。

“我希望每天都能吃你做的蛋包饭，工作日也好，休息日也好。”

谈恋爱半年后，我在公寓玄关对翔太说。听起来跟求婚差不多。我已经无法接受没有翔太的生活。

“可惜，这可不行。”翔太的反应让我有点意外。

我的心揪了一下，我本以为，翔太的心思应该跟我一样。

漫长的三秒后，我几乎要当场哭出来。

翔太慌忙搂住作势要哭的我，安慰道：“每天吃蛋包饭可不行，我要给你做好吃的，每天不重样。”

就这样，我们的同居生活开始了。

小小的公寓里到处洒满温暖的阳光。

要问翔太有没有每天做我爱吃的菜？

那当然啦，他果真每天下厨，做我爱吃的东西，每天花样翻新。

咖喱、炸生蚝、鱼子意面、焗土豆、汉堡，还有他最拿手的蛋包饭。翔太对烹饪很感兴趣，他在咖啡店掌勺的日子，似乎也能给店里带来多一些客人。翔太加倍努力，满足我对美食的期待，厨艺越发精湛。

后来，翔太开始描绘未来，他想经营一家小型盒饭店。

在他的想象中，开一辆老式大众面包车，装上一盒盒精致的午餐，一份五百日元，还有每日例汤与甜品可供挑选。

把车停在商务街区或街心公园里，洒满阳光的位置，正午时分，人们为美食蜂拥而至，走进暖阳里。

大四那年同居后，我们拜访了彼此的父母，分别在东京找到工作。虽然不曾明确规划过，但我已经准备好跟翔太结婚，并支持他实现自己的梦想。

我的心态完全改变了，起初只是尝试，逐渐开花结果，如今已变得越来越坚定。

毕业三年后，翔太开始经营他的移动式盒饭店。

他投入了学生时代攒下的存款（外加一部分父母的资助），先在郊区租了一幢带车位的平房，厨房相当宽敞（也相对破旧），搬进去后买了一辆二手大众面包车。我继续在公司上班，支付一半的房租，作为对他的支持。我本想立刻辞职，跟他一起投入盒饭店的经营，经过一番沟通，我们都认为双双辞职不太现实，一方继续工作有助于分散风险。与此同时，我主动要求参与小店标志的设计，挑选饭盒款式等，希望能出一份力。

翔太对我委以重任，让我给盒饭店取名，我既高兴又紧张，苦思冥想了好几天。

午餐时间，我跟同事带着盒饭去公园吃，忽然有了灵感。我把店名输入电脑，用 A4 纸打印出来，赶忙回家征求翔太的意见。

“你看，这个名字怎么样？”

精致午餐外带　暖阳

翔太正在开发菜色，他什么都没说，只是一把将我紧紧搂进怀里。

“谢谢你，就是这个名字！我会好好珍惜的。”

耳边传来翔太的悄声细语，听得出他在努力克制内心的波动。

要问后来“暖阳”怎么样了？

令人欣喜的是，移动式盒饭店的经营异常顺利。

最初几天乏人问津，但午餐盒饭的好口碑很快以难以置信的速度传开，营业额日趋稳定，慢慢聚集起一批忠实的拥趸。看到翔太越来越忙，工作量越来越大，我暗下决心，想辞职全力帮助他。

如果这份事业就此顺利进入轨道，翔太一定会正式向我“求婚”，倒计时已经启动了。

我们会幸福的。我非常坚信，没有丝毫的怀疑。

可是命运将我的期待轻而易举地击了个粉碎。

有一天，在下班回家路上，我接到警察的电话，翔太驾驶的大众面包车与卡车相撞。

后来的事情，我的记忆有点模糊。

只记得我在医院发疯似的号啕大哭，哭了很久很久。

警察、医生、护士、慌忙赶到的翔太父母……他们跟我说的话，我一点都不记得了，就像做了一场梦。

翔太躺在重症病房里，身上插着各种各样的管子。

我唯一印象深刻的是，医生告诉我们“就看能不能撑过今晚了”，那场景好似在某部电视剧里看过。

“我能握着他的手吗？”我问。

医生点点头。

我小心翼翼地握住翔太的手，本以为他的手掌一定是冰冷的，没想到我居然回到了第一次牵手的那个冬日下午，翔太的手仍然那么暖。

我长呼一口气，泪水夺眶而出，是安心的眼泪。

不用担心，翔太还活着。

往后的日子，我们要一起活下去。

翔太手掌的温度，让我默默重拾起那份信念。

要问最后怎么样了？

如你所见，盒饭店交由我打理。

我成了“暖阳”的营业员，开着车子，去商务街区摆摊，把翔太做的盒饭卖给饥肠辘辘的上班族。说得好听点，就是盒饭店老板娘吧。

翔太半身不遂，烹饪的技术和味觉却突飞猛进。每天早晨，他会一手包办盒饭的制作，坐着轮椅在狭小的厨房里大展身手，完全不用我帮忙。我不插手，翔太反而更如鱼得水。

事故发生后，翔太提过一次分手。

“我现在这个样子……给不了你幸福。美咲，我希望你能开始新的人生。”

我大动肝火：“你在说什么啊？”

是你把我带进阳光里的啊。

我们肩并着肩走在阳光里，紧紧牵着手。

现在你却想甩开我的手，怎么可以呢？

未来的日子，我们永远都不分开，在阳光里往前走。

“你好，今天是什么菜啊？”

开店后，为公司直送点心零食的赤松小姐头一个来买盒饭。从“暖阳”开业起，她一直是翔太的头号粉丝。翔太住院期间无法营业，听说她心里也很不好受。后来店铺重开，她还带着花和一盒点心前来道贺。翔太跟我都十分感动，也备受鼓舞。

像赤松小姐这样，引颈期盼“暖阳”重开的大有人在。

“今天的菜单是炸生蚝配焗土豆。”

“我要一份，例汤和甜品也要。”

“好的，谢谢你一直这么支持。”

“老板做的盒饭，吃起来很舒心，”赤松小姐将盒饭放进环保袋，笑着说，“有阳光的味道。”

我会心一笑。

言归正传。

明天，我准备跟翔太坦承心意，我想跟他结婚。

我一直陪伴在翔太身边，而最近我明显比以前更坚强了。我不再需要一直依靠他，我也能为他遮风挡雨。

往后的日子，让我们一起往前走，走在阳光里。

这么说好不好呢？合适吗？他会答应吗？

会不会太做作了呢？他会取笑我吗？

你说呢，这么说怎么样？

STORY 19

甜美生活 >>>

甘い生活

一个人的幸福、满足感过于强烈，也是一种病。

这种状态被称为“欣快症”，症状多见于恋爱中的女子。虽然不确定她们是否属于这类精神疾病的患者，但我身边不乏这样的案例。头一回听说这个病，我大笑着不以为然。

“赤松，你身边肯定也有这种人。”高中同学美香子说道。

周日，我们终于有时间聚一聚，相约去市中心的酒店吃下午茶自助。

“怎么会有这种人，这个世道，还有人会因为太幸福而生病吗？”我用叉子挖了一块提拉米苏往嘴巴里送，已经数不清是第几份甜品了。

“你不信？”美香子道，“我身边就有啊，公司的一个同事，忽然间打扮得花枝招展的……妆容也变了，衣服的风格也改了，很暴露。”

的确如此，恋爱中的女子经常会发生此类变化。

“但妆容变了，穿衣风格变了，也不能说就是什么

‘欣快症’吧?”

“这些只不过是前奏啦,”美香子用叉子的尖端拨动盘在蒙布朗蛋糕顶部的黄色奶油,“言行举止也不一样了,胆子变大了,还开始跟我顶嘴了呢,一到下班时间立刻闪人,很理所当然的样子。”

“只要工作能完成,对公司也没有什么影响啊。”

“可是她效率一点都不高啊,”不知道是不是对蒙布朗蛋糕的味道不满意,美香子将黄色的栗子奶油拨到盘子一边,“她经手的文件错漏百出,一大早没精神,黑眼圈很重,上班时经常看手机,还发呆,有时候莫名其妙笑眯眯的,估计是想到男朋友昨天晚上又怎么她了。”

美香子用叉子从蒙布朗蛋糕的顶部扎下去,我感到一阵毛骨悚然。

“哼,这女的太可恶了,把我一直暗恋的那个销售部的田端骗得团团转……”她一边说一边胡乱搅动蒙布朗蛋糕。

“原来你对田端是来真的啊?”

很早之前,美香子就跟我提过,他们公司有个男同事特别帅,就像杰尼斯事务所出来的偶像明星一样。这么说来,那个捡到宝的女生确实有理由患上“欣快症”。

接着,美香子把蛋糕碾得稀巴烂,“啊!”她大吼一声,宛如一头猛兽。

我连忙制止:“美香子,小声一点啊!”

“气死我了!那个女人,气死我了!为什么是她,不是我得‘欣快症’啊，你说说！”

这里不是酒馆，而是下午茶自助餐厅，我努力安抚发酒疯（实际上滴酒未沾）的朋友，周围几桌的中年妇女和精致白领纷纷投来好奇的目光。

“我也想得‘欣快症’……谁让我也得一下……”美香子怨叹着，忽然猛地抬起头说，“赤松，你能替我给那个女人一点颜色吗？”

“啊？什么叫给她一点颜色啊？再说了，她也没对你怎么样啊。”

“有啊，有‘怎么样’啊，很‘怎么样’啊，她把田端抢走啦！”

“算抢吗……你又没跟田端谈恋爱。”

美香子探出身子，凑近说：“其实……跟你实说了吧……”

根据美香子的说法，他们的确交往过。严格地说，在一次公司各部门的联谊聚餐中，美香子抢占了田端身旁的座位，喝得烂醉，还硬让田端送她回家，美香子一个人住，他们顺势发生了关系……只有那一次。

美香子果然不是吃素的。

“这也不算交往吧？”

“是不算，”美香子叹了口气，“话说回来，虽然是一夜情，但我一直对他有好感，也期待会有后续发展，结果却被那个女的捷足先登。”

当美香子约我来吃下午茶自助时，我就猜到，她要么是有了新恋情，要么就是失恋了。结果，我猜对了，但也不全对。

“你想让我怎么做呢？”我姑且顺着她问。

美香子终于平静下来，嘴角露出落寞的笑容：“对不起，不是真的要你教训她啦，我随便说说的，只是希望你能过来瞧一眼，瞧瞧这个抢走我暗恋对象的‘欣快症’患者。”

我在大型休闲食品公司“甜美生活”工作，负责上门直销，签的是短期合同。我骑着助力车，像送餐员一样背着各色点心零食，在市区的大小公司间穿梭，也就是所谓的“甜品外卖”。这项服务很受白领女性欢迎，单单我手上就有五十多家客户。美香子所在的公司暂时还没去过。

“我会跟行政部经理打招呼的，下周你来一次吧，而且……”美香子再次搅动早已不成形状的蒙布朗蛋糕，“要让那个女人疯狂吃你们家的甜品，让她胖得不成人形才好。”

看来，美香子是要来真的。

隔周，我带着各色点心零食前往好友所在的公司，实行美香子的复仇计划。

我也有过类似的经历，她现在的心情并非无法体谅。

实际上，我的心境也常被感情影响。每当开始一段新的恋情，我会全情投入，整个人燃烧起来，一旦感情画上句点，又会立刻情绪低落，什么事都不想干。直到最近，在经历多次“情绪过山车”之后，我终于意识到，爱情就是这么一回事。

在恋爱状态下，也许是身体分泌出费洛蒙的缘故，整个人美滋滋的，根本不需要吃甜品，也不会暴饮暴食，久而久之，体重自然下降，身材也会更苗条，相应地也就更重视穿着打扮。望着镜子里的自己，观察哪里又变美了，不时露出自信的笑容。在局外人眼中，这种状态恐怕就是所谓的“欣快症”吧。

反之，失恋之后则会迅速滑向另一端。再也无法抵挡甜食的诱惑，放纵自己大吃特吃，体重直线飙升。休息日不出门，没有买新衣服的欲望。皮肤失去滋润，双眼因哭泣而干涩，基本不照镜子。我想，“欣快症”的反面应该叫“不幸症”吧。

我暗自祈祷，希望美香子的“不幸症”不至于越来越严重。

“你好，我是‘甜美生活’的甜品配送员。”我在行政部门口自我介绍道。

两位女员工同时注意到我，一个自然是美香子，另一个我不知如何形容……气质不错，也很漂亮。

“啊，等你好久啦，我之前在杂志上看到过，还想着什么时候能来我们公司呢。”抢先站起来的反倒是那个漂亮的女生，“我们经理叫我接待一下‘甜美生活’

的人，具体流程是怎么操作的呢？”

我看到美香子一个劲儿给我使眼色，这才知道，原来她就是好友的情敌。她看上去性格开朗，态度亲切，也很有分寸，既不套近乎也不过分羞怯，双眼顾盼生辉，的确很像恋爱中的女子，身上穿着一件极为平常（甚至有点朴素）的连衣裙，与美香子口中的形象落差很大。

“谢谢，流程没有那么复杂。我每周可以来几趟，大家直接买想吃的就可以了……还有，如果有需要的话，我们提供‘甜品常备箱’服务，就是在贵公司摆放一个小箱子，里面有各种点心零食，月结就可以了，每个月初结上个月的款。”

我一边把宣传册递给她，一边仔细讲解。

美香子站起来，凑近道：“真岛，先买几种尝尝怎么样？例如这个‘甜美特选：百分百可可’，还有‘一口泡芙’，这个‘超甜焦糖’好像也不错。”

美香子刻意推荐那些高卡路里的甜品，复仇计划执行得毫不含糊。

“嗯，看起来都很好吃，买哪个好呢？”

“全都买吧，我也买，赤松，这些我们都要了。”

“哦？”真岛掏出款式时髦的钱包，“你们两个认识的吗？”

“嗯……算是吧。”

我连忙解围：“不必一次买太多啦，我们也不会乱推荐，故意让大家买一大堆，喜欢吃哪款之后再买就好，”我说着递出一个小盒子，“这是我们主推的。”

白色的外包装上印有粉色心形图案，正中间则是商品名称“甜美生活 La Dolce Vita”。

“这是我们公司今年春天即将上市的新产品，提供给直送客户抢先品尝。”

这是一款白巧克力夹心的豆奶曲奇饼干。卡路里不高，相对健康，甜度却很出色。“给爱情中的你，爱上爱情”是这款点心的广告语。

“你也来一盒吧。”我又递出一盒给美香子。

“哇，包装好漂亮啊，一定很好吃，这个我要了。”真岛兴奋地说。

美香子朝我使眼色，还伺机咬耳朵：“喂，你干吗？”随后继续鼓动真岛：“我也觉得，肯定很好吃，买它十盒吧？”

“十盒也太多了吧！”真岛笑道。

我看她人挺好的呀，那个真岛。

离开好友公司后，我立刻给美香子发短信。她几乎同一时间回信。

唉，我有什么办法呢……（苦笑）被她抢走，也是没辙。

我会心一笑，正想打字，美香子的短信又来了。

对了，“甜美生活”真的好好吃，下周我要补货，没想到又跟真岛挑了同一款。（苦笑×2）

美香子身为老员工还是很可靠的。

之后，我每周去美香子公司两次，周二和周五。美香子贡献了不少营业额，真岛以非常自然的方式向部门内的男女同事进行宣传，多亏她们二位，我们公司的产品——特别是新产品“甜美生活”——销路大好。我的业绩水涨船高，当月还获得了一笔现金奖励。

我把触角延伸到美香子公司的销售部，女员工几乎都成了我的客人，男性员工们或许碍于上司的眼光，拼命抵抗甜食的诱惑，我也不知道哪一个是美香子口中的田端。

直到“白色情人节”前夕，有个男生凑到我跟前说：“你这里的甜品，我全包了。”

他身穿粉色衬衫，配红色领带，双目炯炯有神，五官相当清秀。我瞥了一眼他脖子上挂着的员工名牌，上面写着“田端广志”。果然。

“谢谢惠顾，但这里很多都是其他客人预订的，只剩十个左右了……”

情人节和白色情人节的单日销售额比平时高四倍，

好不容易才把大家订的东西一次都带过来。

田端没好气地说：“那好，十盒我都要了。”

“实在不好意思，因为有一些要预留给其他客人，每位限量一盒……”

田端突然皱眉道：“算了，我不要了，连这点小事都满足不了，卖什么货啊！”

他转身走开，我耸耸肩，离开了办公室。

我感到一阵莫名的担心。为真岛，也为美香子。

跟这种男生交往，甜美生活恐怕是没指望了。

“白色情人节收到礼物了吗？”

白色情人节过后，我再次去美香子所在的办公室配送点心零食。跟往常一样，美香子和真岛率先凑了过来。真岛拿着一盒“甜美生活”，我若无其事地打听了一句。

答案出乎我的预料。“没有，被我拒收了。”

我诧异地看着美香子，她飘过来跟我咬耳朵：“那家伙很过分，对公司好几个女生都下手了。”

我将视线转移到真岛身上，她正用精致的法式美甲撕开包装盒。

“气死了，我正想吃甜食呢！”真岛说完咬了一大块曲奇。

接下来的那个周末。

美香子、我还有真岛，三个女人相约在市中心的酒店大堂集合。又是美香子发起的，去吃下午茶自助。

不用放在心上，要向前看，属于我们的甜美生活还在前方呢。

我们聊着、笑着，品尝各式各样的蛋糕、巧克力和冰激凌。直到肚子里、心里都被填满为止。

STORY 20

幸福的非青鸟 >>>

幸せの青くもない鳥

我失恋了。

他主动对我展开追求，到后来，我对他的重视更胜一筹。

他最大的优点是帅。在公司里，女同事们都说他长得像偶像团体成员。现在想来，我挑选男朋友的标准永远是看外表，而最后总是以失败告终。我究竟为什么对外表这么执着，对帅哥如此缺乏抵抗力呢？

在某次公司内部的联谊聚餐中，他坐在我身边，用惹人怜爱的、小狗般期盼的眼神，对我提出“给我个机会好不好，单独私下约一次吧”，我也就答应了。

今年的白色情人节，我发现他给公司里十多个女同事都送了礼物。同部门的某个新员工收到后，还悄悄向我炫耀：“我跟他正在秘密交往呢……”

很少发脾气的我终于爆发了，此时不怒，更待何时？

当天晚上，他约我吃白色情人节晚餐，把我带到一家酒店的餐厅里，他递给我一份盒装的甜品，我当场表示拒绝，推回给他。

“你怎么了?”他又露出小狗才有的眼神，好像被谁欺负了。

“没怎么。”我冷漠地回应。

“我知道了，你不要礼物，要别的是吧?我早有准备，在这里订好房间了。”他顺势握住我的手。

“别当我什么都不知道!”我中气十足地大喊道。整间餐厅回荡着我的怒吼，其他情侣纷纷侧目，他被一下子镇住了。

我猛地站起来，清了清嗓子:“你在公司里到底有几个女朋友?我可不想当其中之一。”说完转身离开餐厅。

经过这件事，我的心情跌落到谷底。我曾经幻想过，说不定会跟这个人结婚，做个幸福的全职主妇，还要在外资酒店办婚礼，在湾区买房，等等。

之所以会发出那种怒吼(打扰了其他情侣)，也许是我下意识已经清醒，绝不可能与眼前这个男人相伴到老。

很久以前，父亲曾经给我一个忠告:男人只要有一颗温暖的心就够了。

当时我还是个高中生，第一次谈恋爱，把男朋友带回家。母亲总是叮嘱我，如果谈恋爱一定要把男朋友带回来给她瞧瞧。当天母亲就像自己谈恋爱似的，兴奋得从一大早就开始准备食材。

另一方面，父亲始终不动声色，前天晚上窝在书房不出来，当天早餐稍微露了个脸。我父亲是个作家，我和母亲平时尽量不打扰他，以免对他的创作产生负面影响。但我和母亲都是他的忠实读者，比任何人都更期待他的每一部新小说。

男朋友来了，跟我们一家三口一道吃饭。他难免紧张，不苟言笑。吃完饭，母亲开车送他去车站，在车上我们也没怎么说话。

把男朋友介绍给家里人，是否都是这种结果呢？

对于席间尴尬而沉闷的气氛，我稍稍有些不满。

隔天，吃早餐时，父亲望着我语重心长地说："衣里，选男朋友可不能看脸，以后你要吃苦头的。"

的确，当时的男朋友在班上，或者说在整个学校都是数一数二的。在我心里，他甚至是全国最帅的男生。

我以为父亲是在吃醋。"我又没看脸，只不过喜欢的人恰好是帅哥罢了。"

父亲神色落寞，我望着他，生出某种胜利者的骄傲感。十几岁的女孩子，对自己的父亲，从来都不会心慈手软。

"我吃完了，"父亲站起身，添了一句，"男人只要有一颗温暖的心就够了。"

望着父亲走进书房的背影，十七岁的我，还无法理解他这番话的真实含义。"听不懂，什么意思？"

母亲笑着替爸爸打圆场："你爸爸不服气呢，看到你男朋友比他更出色。但你爸爸没说错，以后你就明白了。"

也许是父亲身为作家的缘故，又或者人生阅历比我丰富得多，后来果然证明了父亲的话是对的。

我的初恋男友是个任性、以自我为中心的自恋狂。他同时跟好几个女同学交往，我很伤心，分手后我告诉了母亲，对父亲却守口如瓶。

后来，应该是母亲告诉他的，父亲主动给我写了一封邮件，标题是《青鸟》。

> 别难过，每个人都会经历这些，失恋一两次是正常的。不久之后就会有一只幸福的青鸟飞到你身边。

我被父亲“幸福的青鸟”这老套的说法逗笑了，真的会出现什么“幸福的青鸟”吗？

> 爸爸，我又看脸选了个男朋友，又失恋了。我还想过要跟他结婚，把他看得很重呢。果然还是走不到最后。
>
> 你说过，男人只要有一颗温暖的心就够了。我没把你的话记在心里，吃这些苦也是活该。
>
> 我的“幸福的青鸟”恐怕不知飞到哪里去了。

由于当面说不出口，我经常通过邮件跟父亲联络，诉说心情。在早晨去公司的车上，我忽然想到父亲，便写下这样几段话，在失恋后寻求父母的安慰。

午餐时，我收到父亲的回信。

不是的。青鸟，不一定是蓝色的。

它会在预想不到的时刻，从预料不到的方向飞过来。一定会的。

不慌不忙，不疾不徐，做你自己，静静等待那个时刻就行了。

那只青鸟，不，正确地说是那个人，果真在预料不到的时刻，从预料不到的方向出现了。

黄金周结束后，院子里的杜鹃花竞相开放。周末下午，我什么活动都没有，无聊地坐在客厅看电视。母亲跟朋友出门买东西，父亲仍然窝在书房，我坐在沙发上不住地打哈欠，窗外樱树上片片水灵的青叶，天空蔚蓝。

我胡思乱想着，如果他还在身边该有多好，如果没有冲动地跟他分手该有多好。毕竟他长得那么帅，是我喜欢的样子。

父亲说“重要的是温暖的心”，而我却偏偏不信邪，凭什么不能看脸呢？难道没有既英俊潇洒，又拥有温暖心灵的男人吗？

叮咚。门铃响了。

我跳起来赶去查看门禁监视器。

“你好，请问找哪位？”

扩音器传来年轻男子的声音：“你好，我是青云堂出版社的，我姓池野，真岛老师在吗？”

是父亲的工作伙伴。

“稍等。”我挂断门禁，跑到父亲的书房，敲敲门。

“进来。”

我稍稍推开门：“爸爸，青云堂出版社的池野来找你了。”

父亲背对着我，说了句：“请他进来吧。”

我快步赶回玄关，对着墙上的镜子理了理头发，因为不知道有访客要上门，我没化妆，连眉毛也没画。

当我推开门，一位男青年立刻鞠躬致意：“您好，一直承蒙老师照顾，我是青云堂出版社的编辑池野。”

“不用客气……”话没说完，我吓了一跳。

青年编辑池野笑嘻嘻地望着我，肩膀上停着一个奇怪的东西，我着实吃了一惊。

池野身穿白色衬衫，肩膀上居然有一只小鸟。我对鸟类不太熟悉，这应该是某个品种的鹦鹉，印象中叫鸡尾鹦鹉。灰色的身体，黄色的头，头上还有一簇毛竖立着，犹如人类的“朋克头”，脸颊两个橙色圆点特别可爱。

“这是……”我拿出拖鞋，请他进屋，“不好意思，赶快请进吧。”

“打扰了。”

池野穿上拖鞋，鹦鹉挺直身子。我把他带到客厅，随后去书房喊父亲。

父亲正好走出来，见我捂着嘴笑，问我怎么回事。我摇头不语。父亲一脸诧异，往客厅走去。

我在厨房准备茶水和点心，心想池野为什么会带鹦鹉出来拜访呢？会不会是他的宠物？难道他太爱鹦鹉，不想把它留在家里？为么不养猫、狗、热带鱼，而去养鹦鹉呢？

真是个怪人……不过，倒是很温暖。

我用托盘端出茶水和点心，轻轻推开客厅的门，父亲与池野对面而坐，有说有笑。鹦鹉仍旧站在池野肩上，父亲看上去心情很好，池野则坐得直挺挺的，恭恭敬敬地陪父亲说话。

我端出茶水，池野抬起头向我道谢。

“不好意思，刚才我不该笑个不停。”我说。

“别这么说，你一定觉得很奇怪吧。”池野低头致意，肩上的鹦鹉居然也跟着点了点头。

不到一小时，池野准备告辞：“今天跟老师聊了这么多，我很高兴，还见到了您一直挂在嘴边的千金，太幸福了。”他的声音温暖而真诚。

就在这时，鸡尾鹦鹉居然开口说话了：“幸福！幸福！”

“啊？”我和父亲异口同声。

“哇，吓我一跳！”池野扭头瞥了眼鹦鹉，随后望着我们，三个人相视一笑。

“你的鹦鹉好聪明啊，怎么教的？”我一边问，一边想象池野训练鹦鹉说话的样子。

“不知道啊。这只鹦鹉不是我养的……”池野挠了挠头，“刚刚在我来的路上，不知道它从哪里飞过来，停在我肩上不走，我也拿它没辙，已经到了约定的时间，不得不带它一起来……”

原来如此。谜团终于解开了。

“池野，这只鹦鹉交给我们照顾吧。”父亲建议道。

“啊？不好吧……太麻烦了……”池野拿不定主意，“我还是交给附近的警察好了，让他们在社区告示牌上贴个启事。”

“那这样吧，”父亲伸出手道，“我们来贴个启事，我写文字，你负责编辑和排版。”

鸡尾鹦鹉啄了一下父亲伸出的手，小心翼翼地跳了上去。

“你叫什么名字？”池野问。

“我是，多多。”鹦鹉答。

我们面面相觑，再次捧腹大笑起来。

一周后，中山百合子与真子母女上门接鹦鹉“多多”回家。

我们收留了多多好几天，这只幸福的“非青鸟”。

池野将父亲写的文字进行排版，打印出来分发给周围邻居，这才找到了鹦鹉的主人。

真子小朋友高兴得哭了，笑容格外灿烂。

中山太太、父亲、母亲、池野，当然也包括我，每个人脸上都挂着温暖的笑容。

“青鸟很会选对象呢，”当天晚上，父亲对我说，他压低声音，自言自语着，“可以跟他交往一下试试啊。”

父亲的话语宛如一只青鸟，不知从何处飞来，落在我的肩头。

STORY 21

独立纪念日 >>>

独立記念日

唉，真想恢复自由身。

今天，心中再次浮现这个念头。

最近我每天都会这么想，这个念头是从哪儿来的呢？

是得知怀孕以后吗？不，不对。当时，我一门心思想为心爱的人生一个健健康康的孩子，根本不在乎之后会遇到怎样的辛苦和困难。

我心爱的人是有妇之夫。结果，他承认我肚子里的孩子，但无法跟我结婚。在多次交涉未果后，我们甚至各自聘请律师，打了很长时间的拉锯战。

没错，就是那段时间，我开始后悔，想要恢复自由身。

我被一个念头牢牢捆绑着，若是无法跟他结婚，今后的人生就毫无意义。我进也不是，退也不是，越挣扎就越不堪。最终，我以孩子的抚养费为交换条件，结束了跟他的关系。

我真想恢复自由身，不愿再为他默默哭泣，不愿继续恨他，恨他把我的人生搅得一团糟。

然而我一点都不自由。

那年我二十五岁，选择了跟女儿相依为命。

老家的亲人为我叹息，怪我不争气，也曾伤心痛哭。父亲在镇议会当议员，他对我破口大骂，说我让家里蒙羞，母亲则总是在一旁垂泪。女儿出生后，他们不许我带着女儿回老家。

我从小爱好阅读，大学毕业后进入某大型书店工作，实现了儿时的梦想。我决定做未婚妈妈后，不得不在大肚子之前主动辞掉工作。

女儿出生半年后，我们一起蜗居在一居室公寓里。为了解决今后的生计问题，我拼命寻找托儿所，同时重新找工作。幸好，我找到了一份电话客服的工作，还在车站附近联系到一家自费托儿所，生活总算转入正轨。

转眼间，我最爱的阅读已经从现在的生活完全脱离出去。每天累到连一页书都翻不动，书店、图书馆也变得遥不可及。无论买书还是借书，如今对我来说都变得那么奢侈、不切实际。

与此同时，我也猛然醒悟，往后的人生，恐怕与“自由”二字无缘了。

就这样过了五年，我的生活被工作、育儿填得满满当当。

只要女儿哭泣、生病，我也会跟着哭，身子都快被拖垮了；当女儿开心地笑，学会说话，我也会跟着笑，说一箩筐的话给她听。

女儿的成长是我唯一的支柱，我把“自由”这两个字塞进瓶子，盖紧瓶盖，深藏在心中，封存了很长一段时间。

过了这些年，瓶盖再次松动，啊，真想恢复自由身啊。

在送女儿去托儿所的路上，在拥挤的列车里，在接听客户的投诉时，在吃便利店的饭团时，这个念头总会萦绕心头。

我一面思索，一面去托儿所接女儿，帮她做晚餐，准备热水泡澡，哄她入睡。深夜时分开着电视，望着静音的搞笑节目发呆。

自由，又是什么呢？

这两个字听起来多么矫情，甚至令人生厌。

而我为什么又对它苦苦追求，自我折磨呢？

这么想来，现在的日子跟那段耽于苦恋的日子并没有多少分别。

一天，由于电话投诉没能及时处理完毕，我晚了一会儿才去托儿所接真子。

五岁的女儿一看到我就放声大哭。此前，我也曾经晚一两个钟头来接她，她都乖乖地等我。

“怎么啦，真子小朋友，怎么哭啦？妈妈来接你啦，别哭了。”保育员侑子老师温柔地安慰道。

我轻轻拍打真子纤弱的后背：“好啦，乖，不哭了，我们不哭了。”

真子还是哭个不停。

“也不知道今天怎么了，也不爱吃饭了……我帮她量过体温，倒是没有发烧呢。”

据侑子老师说，真子今天一大早就闷闷不乐，也不跟其他小伙伴玩耍。

我低头致歉：“不好意思，让你费心了。”

“好啦，我们走吧，真子，今天晚上吃你最喜欢的汉堡哦！”我用毛巾帮真子擦去泪痕，抱着她，走下商住两用楼那狭窄的楼梯。

东京郊区，私营铁路沿线的车站规模不大，我下车后换乘公交，下班的人流排起长长的队伍。我站在队伍的末端，放下真子，她立刻又伸手要求“抱抱”。

“不行。妈妈手里都是东西，不能一直抱你。”

真子登时大闹，我来不及安慰，她“哇”的一声哭起来。说实话，哭泣的孩子简直是头小怪兽。真子挥动手臂，扭动身体，一个劲地闹着，上车后还是不肯停。下班回家的人们纷纷投来不悦的目光。

我明白，真子为什么会不高兴。

我犯了个错误，把真子最爱的、她最好的朋友，鸡尾鹦鹉“多多”弄丢了。

“多多不见了！多多不见了！”真子在公车里不断哭诉。

我难以安抚真子，没办法，只得提前两站下车，艰难地拽着不愿配合的真子往前走。

“多多，我要多多!”真子继续哭闹。

“烦死了!”我怒道，“你再叫再闹，多多也不会回来啊！别吵了好不好，听话!”

真子停顿了仅仅三秒钟，重新聚集能量，更响亮地放声大哭。

我站在原地不知如何是好，无能为力地望着被情绪吞噬的女儿出神。

多多是真子托儿所里的一位小朋友饲养的宠物。由于家中有新生儿降生，担心孩子鸟类过敏，我们家就接过来养了。从没养过任何宠物的真子对这个陌生的小生命非常好奇，很快便爱不释手。

令人惊讶的是，多多还会讲话，例如“我是，多多”“你好”“谢谢”“幸福，幸福”等简短的字词。有时候多多会跟真子“聊天”，听说鹦鹉的智力接近三岁儿童。

多多来到我家后，家庭氛围瞬间活跃起来。真子不再缠着我，总是与多多为伴，从来不感到厌倦。

从前，我总觉得抚养一头小怪兽已经力不从心，怎么能再花精力养宠物呢？幸亏鹦鹉一点都不费事，聪明又听话。

某个周六的下午，我在帮多多打扫鸟笼，多多忽然间飞了出去。我眼前一黑。

真子当然泣不成声，我带着她在社区周围找寻，没能发现多多的下落。

小小的幸福就这样从指缝中溜走了。

多多飞走三天后，真子食欲不振，脸上全无笑容，跟前几天完全判若两人。

哭了这么久，加上多走了两站路，真子吃了几口汉堡，也没洗澡就累得睡着了。

真子脸颊红红的，上面有一道又一道的泪痕。我用手指碰了碰她的小脸蛋，她一动不动。

每次我都会逗真子，说她跟多多的脸颊一模一样，都是红彤彤的。真子听了便高兴地大笑不止。

不但让小小的幸福从指缝中溜走，还弄不清楚自由这个词的意义，我的人生会变成什么样子呢？

恍惚中，我看到多多飞到窗边，对真子开口说道：我要自由飞翔，放我走吧。

对女儿轻声诉说着的多多，或许正是我的化身。

多多飞走后，隔周的周五，我在信箱里发现一张传单。

正当我准备将它与其他广告单一同丢进垃圾桶时，传单上的照片映入眼帘。

分明是只橙色的小鸟，脸蛋红彤彤的。

“多多！”我冲口而出。

真子在隔壁房间，听到喊声也跑了出来。我连忙读传单给她听：

我家捡到了一只幸福的非青鸟，它的名字叫多多。

“哇!”我兴奋地说，“真子，你看啊！这是多多！多多找到了！太好了！多多找到了!”

我边说边抱起真子，真子好久没有笑得这么开心了。

我立刻拨通电话。听筒传来一个年轻女子的声音：“你好，找哪位?”

“你好，请问是不是捡到了一只鹦鹉？我看到了传单……”

女子轻快地回应道：“哦，你是鹦鹉的主人吗？太好了，终于找到你了。”

次日，我牵着真子去真岛家拜访，在车站买了一盒曲奇饼干作为谢礼。

真岛一家热情地迎接我们母女。男主人很有派头，总觉得哪里见到过，女主人相当和善，女儿长得漂亮，又有教养。

还有一位男青年，多半是真岛小姐的男朋友，听说最开始是他捡到多多，或者说多多飞到了他的肩膀上。

心爱之物失而复得，真子突然落下泪来，我生恐她又变身小怪兽，一时不知如何是好。

“怎么啦，真子？多多不是回来了吗？它不会再飞走啦，别哭了。”我试着安慰她。

“没事的，”男主人说，“她太开心了，这只鹦鹉这么可爱，这么聪明，弄丢了一定很伤心吧，”他在真子跟前蹲下身子，柔声细语道，“真子小朋友，如果你一直哭、一直哭，鹦鹉会逃走的哦。多多喜欢一直笑的小朋友哦。”

真子的泪水忽然止住了，盯着真岛先生的脸，破涕为笑。

“对，就是这样，真是个乖孩子。”他摸了摸真子的脑袋。

真子的嘴角高高扬起。

真岛一家人请我们进屋喝茶，起初我执意不肯，生怕打扰他们。

“没事的，”真岛太太笑道，“这几天，多多陪着我们，让我们家也变得特别欢乐，我还想谢谢你呢，别客气，进来喝杯茶吧。”

我心头一暖。在一番寒暄后，我把多多的来历、它是怎么飞走的，以及我们母女的生活状况和盘托出——真子是私生女的事情自然略过不提。

五年来，我与父母亲友相对疏远，根本没有机会向任何人倾诉自身的遭遇和内心的感受。

最后，真岛一家把我们母女送到门外。我再次郑重地表示感谢：“真的太感谢你们了，”我鼓起勇气，在最后时刻吐露心声，“最近因为工作和孩子的事，本来就很疲惫，再加上多多飞走了……心情特别低落。现在多多回来了，又认识了你们，我好多了。”

真岛先生一脸慈祥地说道：“我就说嘛，多多虽然不是蓝色的，但它一定就是幸福的青鸟。这不，它又回到你身边了。”

只有认真生活的人，才能得到幸福的青睐。

这只幸福的非青鸟，可能真的有灵性呢。

离开真岛家，我仰望天上的夕阳，长吁一口气。

真子抬头着对我说：“妈妈，不要哭哦，否则多多又要飞走了。”

我擦去泪水，点了点头继续往前走。真子抱着鸟笼，我的手里则拿着一本书。

可能是我在谈话中提到了最近没时间阅读，临别时，真岛先生让我稍等，回身从家里拿出一本书说：“如果有时间的话，不妨翻翻这本书吧。”

没想到，真岛先生原来就是我非常喜爱的作家真岛博史，送我的书是他的新作，书名叫《独立纪念日》。

“这本书讲的都是职场、家庭、爱情这一类现代社会的束缚，以及怎么逃离，重获自由的故事，是本短篇小说集。”男青年在一旁补充道。他是这本书的责任编辑。

真岛小姐也发表了自己的阅读心得：“我觉得这本书的主题，是人生有许许多多的烦恼、纠缠和痛苦，所谓寻找自由，最后都要归结到如何成为一个独立的人。”

我不禁豁然开朗。

不是恢复自由身，而是成为独立的个体。

摆脱所有烦恼、纠缠和痛苦。

渴求自由的人们，究竟是否明白自由真正的意义呢？

为了寻找答案，夜晚，我重新翻开书页。

真子已经睡着了，我开着枕边的台灯。

希望这会是我“独立”的起点。

STORY 22

灯火通明的窗 >>>

まぶしい窓

傍晚五点，在父母上门接孩子前，托儿所的五位老师集体出动，喊孩子们出来排队。

“小朋友们，快过来排队啦！大家跟侑子老师告别吧，谢谢侑子老师。”

孩子们——大的五岁、小的一岁——纷纷过来排队，保育员怀里还抱着几个。

“预备起！”

“侑子老师，谢谢你！”

托儿所里回荡着孩子们欢快的声音。我事先不知道会有这个环节，突如其来的欢送会令我颇感惊喜。

“侑子老师，送你一朵花！”大班的留美递给我一朵玫瑰，还用红色丝带打了个蝴蝶结。

“哇，谢谢你啊！”我把留美抱在怀里。

“这是我画的侑子老师。”小友送给我一张蜡笔画。

“侑子老师，谢谢你，这是我妈妈做的饼干。”亚纯的礼物是一袋甜点。

“还有我们呢，这是我们的饯别礼物。”松实老师递给我一个信封，里面竟然是湾区高级酒店“皇家海湾酒店”的套房体验券。

“不会吧，这太贵重了，我跟谁住啊？”

“想跟谁住就跟谁住啊，老公、女儿、朋友都可以啊，一个人住也行。”

“啊？一个人？那太浪费啦！”

“没事的，有效期一年呢，总有机会的。”

同事们的心意我很感激，孩子们的礼物也格外打动人，我的眼泪情不自禁地夺眶而出。

这一天，我从工作六年的托儿所辞职，捧着花束和装着各色礼物的手提袋，走下商住两用楼狭窄的楼梯。同事们一直在托儿所门口朝我挥手。

走出东京郊外的车站，我怀着不舍的心情眺望托儿所的窗户，上面贴着“核桃树托儿所”字样，白炽灯全部亮着，会一直开到深夜。

这个时段，孩子们都在热切期盼父母出现，哪怕等到深夜。我们身为保育员，也会跟孩子们一起等。每位父母都有各自的实际情况，接孩子的时间各不相同。

托儿所的白炽灯全部打开，窗户灯火通明，开灯的目的是希望帮孩子们尽可能驱散黑暗。

担任保育员，当然也有不容易、辛苦的地方。但为了孩子们的笑容，同事们融洽合作，我也不断努力工作。除此之外，我还希望自己能在家庭以外有用武之地，成为一个合格的社会人。

一切，到今天为止了。

公交车缓缓发动，我在拥挤的车厢里，一只手抓着吊环，向那扇灯火通明的窗挥手。我仿佛看到有人站在窗边，也许是我看错了。

一个月前，我丈夫住院了。

在参加公司定期体检的过程中，他有个指标不正常，经过进一步检查，结果不容乐观。我陪着他去医院取化验报告，医生突然宣布："是肝癌，需要尽快手术。"我们被惊得措手不及，一句话都说不出来。

做手术前，他几乎不抱任何希望："我应该活不久了。"

他的悲观情绪轻而易举地感染了我。

"怎么会呢，不会的……"我试着鼓励他，自己却流下泪来。

他在我的背上轻轻拍了几下，说道："别难过，发现得早，现在癌症也是能治愈的。"

居然变成他鼓励我。

手术成功了。为了术后观察，他继续住院一段时间。

这次医生把我单独叫了过去："扩散比想象中快，可能还有半年左右的时间……"

听到这里，我暗自做了决定，我要辞掉工作，全部时间都陪在他身边。

现在还有什么事情比陪伴他更重要呢？

我丈夫今年五十岁，把生命的绝大部分时间都奉献给了职场。他在小型出版社的销售部工作，嗜书如命的他，对收入高低不太在意。

我的工作是保育员，经朋友介绍认识了他，彼此印象不错，顺利地步入婚姻。我们之间并没有所谓轰轰烈烈的爱情。婚后，我们养育了一儿一女，我辞掉保育员的工作专心带孩子，尽力营造一个普普通通、温馨和睦的小家庭。

六年前，女儿升入中学，我决定回归职场。他工资不高，今后要供两个孩子求学，不免捉襟见肘。另外，我们在郊区购买了一幢小房子，交通不算方便，还有房贷没还完。

对于我重回职场的决定，他不太赞成。长时间以来，他外出工作，我在家相夫教子，这种模式已经成为某种习惯。

“我工资是不算高，但总会有办法的吧，我还是不希望你去工作，孩子们从学校放学回来，也不希望妈妈不在家吧。”

我并没有动摇，花了很多工夫，终于说服了他。

不出所料，回到职场后我整个人都活过来了。我并不排斥家庭主妇这个身份，但“压抑感”总是如影随形，甚至常常心口闷闷的，喘不过气来。

重新当上保育员后，我遇到了许多年轻妈妈以及她们的孩子，家家有本难念的经：想工作的，不想工作的；想要孩子的，不想要孩子的……

我自己也有生儿育女的经验，很能设身处地、感同身受地理解那些妈妈。六年来，我唯一的结论是“兼顾工作和育儿是最困难的”。

职场女性不仅要为工作奔忙，还要兼顾儿女的抚养和教育，相比起来，我能够以全职主妇身份把孩子带大，简直太幸运了。托儿所的年轻妈妈以及茁壮成长的孩子们让我的生活更有奔头。

“妈妈，你开始上班以后，精力更充沛了呢。”初二的女儿曾经这么评价。

如今，女儿已经上大学一年级，过着住校的生活。儿子大四，刚刚收到用人单位的录取通知。

对我来说，工作和家庭同样重要，两者都是无可替代的。

可是现在，丈夫生了重病，身体日渐消瘦的他是我现在最重要的人。此时此刻，我的眼里只有他。

“老公，我回来了。”我回到医院病房，丈夫在四人间最靠里的床位，挨着窗户。

他好像在睡觉，揉了揉眼睛，说：“哦，你来啦，”他见我捧着花和许多纸袋，“这么多东西，谁来探病了吗？”

我笑道：“没有，都是送给我的。”

“哦？今天是你生日吗？为什么有人送你礼物？”

我对他说："我今天辞职了，核桃树那边，我不做了。"

"什么?"他的脸上写满了诧异，"为什么啊?怎么没听你说起过?"

"当年，我说不想做家庭主妇，要重回职场，你不答应，我做了你那么久的思想工作，现在又反悔了，叫我怎么说得出口……"

他低头望着被子："你为什么要辞职?"

"没有为什么啊……"

"是你自己说想回去上班的啊。还说不管发生什么，都会一直做下去，工作才能让你找回真正的自己。"

"哦?我说过吗?"我自己早就忘了个精光。

他没好气地说："说过啊！你说不想永远当家庭主妇，有很多女性都是一边工作一边照顾孩子的，你当保育员的话能助她们一臂之力。还说赚钱是其次，重要的是做个对社会有用的人。"

我大吃一惊，这些话我一点印象都没有了，他却记得清清楚楚，包括我当时说的每句话每个字，还有表情，多么认真，多么坚定。

"当时的你简直太美了，"他仿佛想起了电影中的某个场景，脸上露出陶醉的神色，"这是你的优点，不仅人好，踏实勤奋，还积极乐观……"

"哟，怎么还夸起我来了。我可不会上当哦。"

他苦笑道："也对，这些话早该说了。这么多年来，一直憋在心里，现在才说出口，"他的笑容不乏落寞，

“不瞒你说，当时是我有私心，我希望下班回家的时候，能够看到厨房亮着灯，所以才反对你回去上班。”

托儿所的工作往往要拖到深夜，如此一来，他会比我先到家。他终于向我坦白，厨房的窗户没有灯光，儿女们也各自窝在房间里，没有人迎接令他心里很不是滋味。

不知道是不是想家了，想念厨房窗户透出的灯光，他的双眼满是眷恋：“侑子，下次我回去的时候，你把厨房的灯打开吧。”

我默默点了点头。我想说些什么，想把胸中翻涌起的情绪用话语表达出来，可我却如此笨拙，只能报以两行清泪。

他一定早就看透了。

也许此生再也没有回家的机会，再也见不到那温暖的灯光。

我不争气地哭着，他用瘦削的手在我背上轻抚了几下，耳边传来低声细语。

谢谢你，侑子。对不起，侑子。让你辞掉心爱的工作，回到我身边。

就当是我的私心吧，我真想陪着你，再久一点，再久一点。

办完他的告别式，所有烦琐的程序告一段落，已是四十九天后。

儿子和女儿担心我的情绪状况，每天都会给我打电话，发信息。女儿还有三年大学毕业，靠着奖学金和保险金，往后的学费应该不成问题，但我决定再次回归职场。

我犹豫要不要回“核桃树”工作，几个月前刚上演过辞职戏码，收下一大堆祝福与礼物，还有那张未曾使用的高级酒店住宿券。这次回去，会不会被人说闲话呢？

然而，昔日的同事们给予了我热情的响应，纷纷希望我早日回归。包括所长在内的五位同事亲自登门做我的思想工作，说我对托儿所的工作最熟悉，是不可多得的一线战将。

“可是，上次我拿了你们那么贵重的礼物……”我还是有些迟疑，心中却早已喜极而泣。

“你是说住宿券吗？这点小事有什么好介意的，你自己去住呗，就当你老公跟你在一起。”

“不好吧……”我苦笑道。独自一人去住时髦的高级酒店，总觉得不太适合我。

“真是的，我来帮你预约。”

同事们果真帮我拨通酒店的电话，让我留下姓名、电话。

“请告诉我入住客人的全名。”电话那头传来年轻女子的声音。

“仓田宗助和侑子。”

我说出了他和我的名字。往后的日子，那永远会是我丈夫，以及他妻子的名字。

“本周末，周六入住可以吗？我是前台的香山，恭候您的光临。”电话挂断了。

“放松放松，转换一下心情，我们等你回来哦，就这么说定了！”

我尴尬地笑着，重重地点了点头。

托儿所的白炽灯一直亮到深夜。我能够理解丈夫对厨房窗户的眷恋之情，于我而言，那扇灯火通明的窗何尝不是如此。

STORY 23

总有一天，钟声响起 >>>

いつか、鐘を鳴らす日

时隔多日，钟声再次响起。

沿着前台所在的门厅往里走，是庭院中的草坪婚礼小礼堂，礼堂正对海面，承载爱情誓言的婚庆钟也设在院内。

在酒店举办婚礼的新人可以一同敲钟，我们虽然不提供撒米祝贺的服务，但在互联网泡沫时期[①]前后，社会上曾经流传过一段佳话：“新婚男女只要在湾区的皇家海湾酒店敲钟办婚礼，一定会幸福美满、白头到老。”这个说法一度使酒店的预约排到了两年以后。我七八年前就进入酒店工作，既不确定钟声能否给人带来幸福，也没见识过预约排到两年后的盛况。

到去年为止，周六下午三点开始办理入住时，总会见到许多观光客从全国各地蜂拥而至。最近，受到经济衰退的影响，客源被廉价的商务酒店分流，湾区整体的

① 互联网泡沫时期：指 1995 年至 2001 年间多国股票市场与互联网科技相关企业股价巨幅上涨的时期。——编者注

市场份额也显著减少，来酒店举办豪华婚宴的新人更是屈指可数。

因此，每次听到钟声响起，我都会在心中默默为他们祈祷。

在经济不景气的大环境中，专程前来举办婚礼，为公司的营业额做出巨大贡献，这样的客人怎么能不幸福美满呢？

咚、咚、咚。清亮的钟声从庭院传来，在门厅回荡着。一位中年女性走了进来，她拎着小号波士顿包，戴着米色帽子，站在前台不远处东张西望，看样子不太熟悉办手续的流程。服务生迅速走到她身旁，接过旅行袋，将她引导到前台。中年女性的表情略显紧张。

"欢迎光临。"我热情地打招呼。

"你好……我电话预约过的，仓田侑子。还有，我想用这张住宿券。"

只见她从单肩包中掏出一个信封，放在柜台上，信封上印着我们酒店的标志。

我敲击电脑键盘，在线确认订房状况。"好的，仓田太太对吗……请稍等。今天，您订了海景套房，两位，一个晚上对吗？"

"我想请问一下，"仓田太太吞吞吐吐地问，"套房如果……一个人住，没问题吧？"

"啊？"我一下子没反应过来，赶忙调整口气道，"没有问题，一位或者两位都可以。请问需要帮您进行修改吗？帮您备注一下套房单用可以吗？”

“单用？”仓田不解。

我更正道：“就是整个套房由您一个人使用。”

“哦，不必了，不用麻烦了，”仓田摆摆手，“我们两个人，我和我先生，他一定会来的。”

一定会来……这几个字似乎别有深意。当然，我不便刨根问底。

“我明白了，请您收好，这是两位的早餐券，从早上七点到十点，可以在一楼的咖啡厅或二楼的日式餐厅用早餐，这里是两张房卡，服务生会带您去房间。”

我简单说明后，给在仓田太太身后待命的服务生使了个眼色。

“不好意思……”仓田太太再次开腔。

“您有其他需要吗？”我笑着问。

“今天碰巧是我的结婚纪念日。”她的表情有些羞涩。

“是吗？原来是这样，”我将笑容提升了一个层级，“恭喜您，请问您先生稍后会到吗？”

“应该吧。”

“那晚餐之前，我们会赠送一份小礼物给二位，作为贺礼。”

我一面说一面迅速敲击键盘，在仓田太太的顾客名单中标注了“TD CS F/WA”（傍晚客房服务时赠送小香槟/结婚纪念日），同时在她名字旁边添加了旗标，旗标上带有“W”标志（W 代表结婚纪念日）。

“不用了，”仓田太太拼命摆手，“不需要了，不是要你们送我礼物，只是顺便跟你说一说……”

“难得的纪念日，需要送您一瓶香槟庆祝吗？”

“不用了，谢谢，我一个人也没法喝，浪费就不好了。”

她一会儿说两个人，一会儿又说一个人，我听得一头雾水。

“既然您这么说，我就不帮您备注了。”

我的脸上依旧堆满笑容，手指不自觉地滑到键盘上，在仓田太太的顾客名单上又添加了个黄色的旗标，代表“举止异常”。

“请您尽情享受，有什么需要随时跟我们联系。”

仓田太太欲言又止，被服务生带领着往电梯厅走去。

做我这份工作，难免要跟形形色色的人打交道。但是，湾区高级酒店的住客在进入前台的那一刻，就已经被分类了。要么年收入到达一定程度，要么从外县市前来观光，或是想要从日常生活中解脱，又或是特殊的、有故事的人……近来，我只需要看一眼，就能大致猜测对方的生活环境、收入情况（观察随身物品）、海外入住酒店的经验（观察入住时的应对）、跟家人的关系（女性可以观察指甲或手掌，男性则看领带或衬衫），以后我辞掉这份工作去给人家相面都没问题。

我从酒店专科学校毕业已经十年，起初辗转于市区的三家大型酒店，专门负责前台工作。从最初的青涩稚嫩，到现在的得心应手，我开始更主动地与客人打交道，如果退房时客人能留下一句“很满意”，我会特别有成就感。

也许是对工作全情投入的关系，在感情方面我全无斩获，不知不觉跨过了三十岁这个关卡。从男人的视角来看，我这样的女性可能不是娶来做妻子的明智之选。

大厅传来鼓掌的声音。一对新人缓步走进大厅，在亲朋好友的簇拥下，新郎显得特别羞涩，新娘笑得像一朵花。酒店的婚庆经理走到两人跟前，递出一个大大的白色信封，这是酒店送上的惊喜，一年有效的住宿体验券。

“一年后，欢迎你们在结婚纪念日回到我们酒店，凭券入住费用全免哦。”经理向新人说明。

住宿券是酒店的特色服务之一。住宿券上印有编号，能够以此区分是否为在酒店举办婚礼的赠券。

收到这张住宿体验券后，的确有许多夫妻会在结婚纪念日到店入住。其他情况包括庆祝生日、各种纪念日、跟闺密开派对、明显的婚外情……短短一年间，在幸福的钟声响起后，离开这里的夫妻具体经历了哪些变化呢？我无从知晓。

我唯一能够分辨的是：这一年里，他们的婚姻生活是否幸福。

我瞥了一眼仓田太太给我的住宿券，她是从市区的旅行社买来的，并非酒店赠品——“结婚纪念日住宿体验券”。

也有的客人会把手中的“结婚纪念日住宿体验券”转卖掉。通过编号和顾客名册能够很快查询到体验券的来源，每次注意到入住者与住宿券拥有者姓名不一致，我都会莫名感到失落。原因有二：这是酒店特意为新人准备的礼物，但对他们来说没有价值了，此其一；这对夫妻不再需要庆祝结婚纪念日，此其二。

我的脑海中浮现出仓田太太的脸庞，今天是她的结婚纪念日啊。我默默将黄色旗标去掉，备注了一行“TDBS F/WA”（傍晚客房服务时赠送花束/结婚纪念日）。

原本准备结婚的对象忽然离我而去，我并不知道具体的原因，至少我难以接受他给出的说辞。

他说，就算跟我建立家庭，我还是会以工作为优先。

我认为这并不算什么缺点，夫妻双方共同承担家庭重担再正常不过。

男友曾经向我提过结婚，还畅想要来我们酒店办婚礼，一起敲响幸福的钟。面对突然打退堂鼓的他，我忍无可忍，大声地让他“立刻滚出去”。

他丝毫没有迟疑，就这么离开了我们同居两年的家。我觉得这段关系实在太滑稽了，令人哭笑不得。

就这样过了几周，我的情绪逐渐调整过来，重新投入了工作。

我至今没有搬离与他同住的那个家，房租大约十二万日元，价钱不算低，但只要努力工作我自己也能付得起。

他不是那个能陪伴我一辈子的人。

很显然，他不支持我做现在这份工作，甚至有点在跟我的工作争风吃醋，希望我多分一点时间给他，婚后能把所有注意力都放在他身上。

你不就是想去酒店敲钟吗？走个形式，为公司贡献一点营业额，在上司面前加点分数，不是吗？

男友曾经如此恶言相向。但不得不承认，他说中了。

我希望用自身的案例证明，在酒店敲钟后，的确能够收获幸福美满的婚姻，进而形成口碑，促进公司的销售业绩。

正如他所说，利用婚姻的那个人恰恰是我。他肯定早就看穿了。

所以对他来说，我同样不是能陪伴他一辈子的人。

我们不是彼此的真命天子。

经过这些抽丝剥茧的分析和反省，我以为自己可以做到达观，然而每到夜深人静，还会时常为失眠所苦。

我会一直孤身一人吗？我会就这样独自老去吗？

钟声响起的日子，永远不会来到了吗？

这一天，我上班到晚上八点。正准备打卡时，有一位年轻女性快步跑进门厅。

她身穿时髦的迷你裙，清新中带点女人味，肩上背着大号的托特包，看起来经常出入这类场所。

“阿健来过吗？”她气喘吁吁地问。

我的笑容有些僵。

“不，是这样的，”她晃动着脑袋，宛如楚楚可怜的小动物，“我想问一下，K市M镇的塚原健一，三十八岁，已经入住了吗？”

我迅速敲击键盘，很快查到了她口中的客人。K市M镇的塚原健一先生，三十八岁，小套房，可吸烟，两位客人，住一晚，十七时许入住。他说另一位客人随后抵达，要前台告知房间号码。

“请问一下，您的姓名。”

“我姓川野边，川野边菜摘。”

姓名吻合。当然，在确认本人身份前，我无法贸然告知房间号码。

“抱歉，川野边小姐，我这就给塚原先生打个电话，麻烦您跟他沟通一下可以吗？”

川野边小姐起先有些迟疑。

我连忙拨通内线电话，铃声还没响完一声就接通了。

“你好。”

“您好，您的朋友川野边小姐到了，在前台，您需要跟她聊两句吗？”

“啊？等一下，等我一下，”电话那头莫名慌乱，“她看起来怎么样？”

听他的口气，两人正在闹别扭，男方多半为了赔罪，订房间给女方惊喜。

“看起来……”我瞥了一眼川野边小姐，她嘟着嘴巴，腮帮高高鼓起，“嗯，她看起来很漂亮啊。”

“哦？很漂亮？”

“嗯，非常漂亮，嘟着嘴巴，很可爱的样子。”

川野边小姐听到我这么说，脸颊绯红。“哎呀，你们在聊什么啊？”

“要跟他说几句吗？”我递出听筒。

“喂，阿健？你真的订了这家酒店啊？我跟你开玩笑的……说着玩儿的……我早就原谅你了。”

想必是女方冲口而出，说了什么气话。总之又是个甜蜜浪漫的爱情故事，令人心生羡慕。

“嗯，我一直很喜欢……这家酒店。有个女同事在这里结婚，婚后特别幸福，听说礼堂的钟声能让新婚夫妻永远幸福美满……”说到这里，她转头问我道，“这个说法，确有其事吗？”

我点头笑道：“是真的。我也听说过。”

川野边小姐站在前台，通过内线电话，跟塚原先生聊了好一会儿。热恋中的男女多半如此，总有说不完的话。好事将近。

我微笑着转告她：“塚原先生在 2277 号房间，有任何需要随时联系我们。”

川野边小姐面带羞涩，向我点头致意后快步前往电梯厅。没走几步，她转身返回前台，小声问：“请问，明天可以去参观礼堂吗？”

我点点头道：“当然可以，我帮您预约婚庆沙龙，十一点您看可以吗？”

“可以，麻烦你了。”

川野边小姐迈着雀跃的步伐去坐电梯。

我在塚原先生的顾客名单中标注了“RQ WDB”（参观婚礼钟），接着登出后台。

总有一天，钟声会响起的。希望在不远的将来，他们能够收获幸福。当然，我也不例外。

STORY 24

风行水面 >>>

川面を渡る風

一直以来，“边界”都是我不太喜欢的词语之一。

我不喜欢的词语还有很多。

例如，贫富差距。由于出身、受教育水平、收入、居住地区的差异，我们所处的社会难免会出现分层。父母辈所在的阶层会传递给子女，社会底层的孩子长大成人后，往往很难摆脱所处的阶层，最终将这种差距传递给他们的下一辈……一切早就注定了。

例如，更好的自己。我们总是误以为，自己不应该是现在这个样子，我们应该更加自由自在，辞掉工作，放弃学业，踏上旅途，去找寻真正的自己。当然，我无意指摘任何人的选择。但说到底，“更好的自己”不过是一个幌子，它是我们逃避现实的障眼法。对那些为生活所迫的人来说，“更好的自己”听起来非常刺耳。

说回我自己，我一直很在乎“边界”，把生活区域分为“希望的彼岸”与“现实的此岸”（在我出生的小镇与对岸名媛们的小镇之间有一条形同天堑的河）；在公司饱受“收入差距”“教养差距”“女人味差距”的折磨（家境优渥的同事已经不再邀请我一起参加联谊）；并为了变成“更好的自己”，离开父母家开始独自居住（从K市M镇乘坐列车跨过河流这条边界，来到S区N镇）。凡此种种，不得不承认，我不争气地变成了自己讨厌的样子。

阿健气喘吁吁地跑了回来，一不小心撞在门口的纸板箱上。“怎么回事啊，干吗把纸箱堆在这里？”

我冷冷地说：“是你自己堆的啊，你说搬家的时候方便一点。”

明明是我挪了位置，阿健却没看出破绽。“哦？是我吗？哎呀，都是我不好。”

阿健笑眯眯地走进房间，双手各提着一个塞得满满当当的大号环保袋。

明天我会从这间公寓搬出去，阿健特意过来帮我搬家。傍晚，我约了几个朋友一起去T河岸边烧烤，阿健刚刚买回一大堆烧烤用的食材。

“不错，已经差不多都整理好了呢。”阿健站在房间正中央，叉着腰满意地说。

我望着阿健，会心一笑。

“你笑什么呀？”

“哈哈，”我说，“你这姿势，跟我爸怎么一模一样？”

“哦？我跟老板？我肚子哪有那么大啊？”

“肚子是不大，我是说你手叉腰，环顾四周的样子特别像。”

“是吗？老板每次在车间里是这样的。”阿健重新学了一次。

我乐不可支，阿健完全抓住了父亲的神韵。

我为了寻求独立，离开从小到大生活的小镇，跨过“边界”来到河对岸，一转眼已经过去三年了。

三年，说长不长，说短不短。三年间，我的生活发生了大大小小的变化。

刚搬来这间公寓，我如愿挺起胸膛，向同事们炫耀自己住在N镇，也把它当作联谊时的一大王牌。毕竟，N镇是首屈一指的高级住宅区，住在这里与跻身上流社会无异。实际情况是，我的公寓只是个狭小的一居室，房龄已有二十五年。当然，仅凭住在N镇，并没能给我的感情生活带来任何奇迹，渐渐地，我不再以此为傲，参加联谊聚餐的次数也随之骤减。

休息日，我会去T河岸边散步，奇怪的是，明明在同一片天空下，从河的此岸望向彼岸，竟然会与从彼岸望向此岸感觉截然不同。对岸是我出生的地方，养育我的小镇工厂聚集区，父亲在那边操劳一辈子，几年前离世的母亲也葬在那里，还有父亲的员工阿健，我一直把他当哥哥看待。每当想到这些，我都会忍不住鼻酸，当初分明是自己吵着闹着要离开家，实在太丢人了。

搬出来半年后，我爱上了一个人。他是公司的同事，比我大几岁，工作能力很强，对新人也很照顾，笑起来像某个男演员。他住在市中心位于湾区的某幢公寓里，太太很漂亮，还有个一岁大的女儿。我知道自己的这份感情不会有结果，但又不想就此放弃，我鼓起勇气主动约他去宾馆开房，想着如果被他拒绝大不了立刻辞职走人。后来，他果然拒绝了我，没有一丝犹豫。我事后才想明白，正因为他是这样的人，才会让我那么动心，不是吗？

令我自己大感意外的是，我没有辞职。我下定决心要找个更好的男朋友，向他示威。我把自己灌醉，大哭一场，彻底从这段插曲中走了出来。

一路以来，陪在我身边，给我最大的宽容，不断安慰、鼓励我的人，是阿健。

我是独生女，把阿健当成哥哥，离开家后，我常常通过电话、短信向他求助，发发牢骚，也常约他来这边吃饭，顺便打听父亲的情况。母亲去世后，阿健成了父亲实质上的“贤内助”，在工作之余，阿健主动帮父亲料理家务，还会做熬点，味道跟母亲一模一样（阿健管这道菜叫“老板娘的关东煮”）。阿健人不算帅，个头只比我高一点点，在父亲聘请的五名员工中，他最年轻（现年三十八岁），收入相当微薄，完全入不了我们公司的那些大小姐的法眼。可是，他能够重现“妈妈的味道”，对我来说，远比高收入、高个子、高颜值来得吸引人。在他身上，我能够感受到温暖、善良和包容。

三年以来，若说重大事件，跟阿健结婚应该是其中之一。

父亲事先全无心理准备。阿健一本正经地跪在父亲跟前，希望他能准许我们结婚。

父亲紧闭双眼，身子纹丝不动，许久才开口："阿健，你们结婚以后，也要经常回来给我做关东煮哦。"

"哎呀，你怎么搞的？魔芋、莲藕、牛蒡……这些怎么烧烤啊？"我翻出环保袋里的食材。

阿健笑着说："这些是用来准备做'老板娘的关东煮'的，盂兰盆节到了，给老板、老板娘也尝一尝。"

三年来，最重大的变故，是父亲跟随母亲的脚步上了天堂。

去年春天，我跟阿健确立了恋人关系，那是开始独立生活后的第二年。从前，我们几乎天天在一起，成了男女朋友后，横亘在我们之间的河流无法阻隔我们的关系。

由于当初是自己闹着离开家，我拉不下脸反悔。周末，阿健会来公寓陪我，工作日我也常回家吃饭。

父亲觉得不对劲，问我："你最近怎么老是回来吃饭啊？"

"我这是担心你啊，你年纪也大了。"我掩饰道。

"骗人，你是忘不了健一的手艺吧。"

父亲一语中的。我下了封口令，不让阿健告诉父亲我们正在交往，理由是不想让他受刺激。其实，我心里明白，如果父亲知道我们谈恋爱，一定比谁都高兴。当然，惊讶与惊吓肯定在所难免。

就在犹豫要不要告诉父亲的那段时间，我发现他的身体状况大不如前。我也曾动过搬回去的念头，但总是无法付诸行动。

后来，“短距离恋爱”持续了一年左右，我与阿健的恋情终于因为意料之外的变故曝光。

今年元旦假期，我突然接到阿健的电话，说父亲住院了，要我立刻回去一趟。

父亲的病情令我措手不及。原来父亲已是癌症晚期，我离开家后不久，医院确诊说还剩一年。父亲没有对任何人说，也不做手术，采取保守治疗，似乎不想连累刚刚独立的女儿。他决心与癌共生，两年过去了，可能这就是极限吧。

医生多次劝说父亲做手术未果，我激动地质问医生：“你们怎么可以任由他这样，应该早点手术的呀！”

阿健紧紧抱着我：“菜菜，答应我，不要在老板面前哭，也不要发脾气。我知道你很不好受，但最后这段时间，我们在老板面前开开心心的好不好？”

我分明看到了阿健的泪水。

父亲在接受治疗后有所好转，他坚持要回家静养，医生同意了。我和阿健都意识到，父亲剩下的时间已经不多了。

就在这时，阿健向我父亲坦白了一切，并请求他同意我们结婚。不仅父亲大为震惊，我的心脏也提到了嗓子眼。因为，阿健甚至都没有提前跟我求婚，而是先征求父亲的同意。阿健向父亲承诺，一定会好好待我，让我一辈子幸福快乐。

“阿健，你们结婚以后，也要经常回来给我做关东煮哦。”

阿健热泪盈眶，答道：“一定会的，我每天都做。”

“傻瓜，谁家每天做关东煮啊，也要换换炸猪排、寿喜烧什么的啊。”

“没问题!”泪水从阿健脸上滑落。

“傻乎乎的，”父亲含泪笑道，“在自己老婆面前哭哭啼啼的，成何体统。”

阿健用手臂胡乱擦了擦脸上的泪水：“嗯……”

一旁的我又好气，又好笑，也很心疼，泪水不知不觉夺眶而出。

现在，我心中仍旧时常回荡着父亲温暖的声音。

菜摘，我有话对你说。

你跟健一结婚后，我希望你们搬回来住。

后来，河岸边的樱花再度绚烂盛开，在这美得令人落泪的季节，父亲追随母亲的脚步，离开了人世。

“哇，火旺起来了，差不多可以开始烤肉了。”

傍晚，河面吹来凉爽的风。在N车站附近工作的房产中介八木桥正用扇子帮忙生火，是她为我介绍了那间公寓，后来我们成了朋友，经常像这样聚在一起吃烧烤。听说，最近她跟分店店长结婚，双方都是再婚，看上去心情很不错。

“我准备了特调鸡尾酒，可以来喝喽，名字就叫‘河岸祝酒’吧。”在涩谷一家高级酒吧担任调酒师的铃木为我们准备了饮料，在塑料杯中倒入闪闪发光的淡蓝色液体。

八木桥介绍我去那家酒吧，后来我也成了常客，失恋时经常去喝闷酒，铃木和阿健在两边一个劲地安慰我。今天铃木还带来了调酒用具和珍藏的红酒。

“不好意思，我迟到了，你们还没开吃吗？”竹中老师从土坡上一路小跑过来。她是铃木高中时代的恩师，目前在市区某私立高中担任语文老师。我在铃木的酒吧认识了她，一见如故，她三十多岁还没结婚，把学生看得比什么都重要，堪称职业女性的典范。她递给我一大束向日葵：“恭喜乔迁以及订婚！”

“什么时候办婚礼？”

“我挑了一家很有名的酒店，选了个好日子，正在排队呢，希望前面有人会取消……能早点定下来是最好的。”

“菜来喽！大家久等了！”阿健身穿围裙，双手端着锅子朗声道。

“哇，太香了！”大家异口同声。

“塚原，你怎么像小媳妇一样？”八木桥打趣道。

“这是我的拿手菜，请大家品尝‘老板娘的关东煮’。”

竹中老师故意挑刺："这跟智香的鸡尾酒不搭吧？"

"才不会呢，我调了个甜口的，很适合配家常菜一起喝。"铃木道。

"智香，你最贴心了！"八木桥笑着说。

"好啦，肉也烤好了，'老板娘的关东煮'也上桌了，让我们干一杯'河岸祝酒'吧。"

阿健放下锅子，拿起一杯鸡尾酒。

"干杯……"

"慢着，"正当大家准备碰杯，阿健忽然放下酒杯说，"对了，差点忘了说，刚才'皇家海湾酒店'的香山打来电话，说'敲钟'的日子定下来了。"

"啊，真的吗？"我情不自禁地跳了起来。

"敲钟？"八木桥不解。

铃木代为回答："就是那家很有名的酒店嘛，在那里敲响婚庆钟的夫妻，一定会幸福美满。"

"那结婚的日子就定下来啦！"竹中老师道。

"太好了，祝贺你们！"

"好啦，干杯吧！敬什么？"

"那还用说？当然是阿健和菜菜啦。"

"还有呢？"

"还有我们自己，以及……"

"敬所有独立女性。"

"嗯，这个好。来，我们一起，干杯！"

"干杯！"

酒杯发出清脆的碰撞声。淡蓝色的鸡尾酒刚入口有点冲，又带着淡淡的甜味，最后留下一丝回甘，恰似我们的人生。我心中暗自回味，没有把这些酸溜溜的话说出口。

一杯鸡尾酒下肚，大家的脸上都多了几分光彩。

在离开父母独立生活的这段时间，我认识了这些好朋友。而她们，也有各自的人际网络。我们就像这样相互联结起来，在松散而绵长的网络中，我们终将独当一面，英姿飒爽地面对各自的人生。

我不再孤立无援，同时却又格外独立。所有的兜兜转转或坐困愁城，都是为了能重新迈出脚步，勇敢地往前走。

风行水面，轻柔地掠过脸颊。我望着恋人与好友们灿烂的笑容，心中默默许愿。

今天是我的，独立纪念日。